目次

初出　「オール讀物」二〇二一年七月号〜二〇二二年五月号

祝祭のハングマン

装画　有村佳奈
装丁　征矢武

一　暗中模索

1

「起きろ、瑠衣《るい》。七時だ」

聴き慣れた誠也《せいや》の声よりも、告げられた時間に驚いて目が覚めた。

「七時って」

ベッドから跳ね起きた春原《すのはら》瑠衣は慌てて枕元のスマートフォンを確かめる。表示された時刻は既に七時から十八分も過ぎていた。

「ちゃんと七時に起こしてって言ったじゃん、お父さん」

「何回も起こした」

誠也はぼそりと答えると、すぐキッチンの方へ引き返していく。瑠衣は父親を追い越しそうな勢いで後をついていく。食卓の上には湯気の立つ白米とベーコンエッグ、加えて味付け海苔が載っていた。ベーコンエッグは誠也唯一の得意料理で、時間が押しているがこれだけは胃の中に収めたい。

「いただきまーす」

誠也の作るベーコンエッグは黄身の半熟加減を瑠衣の好みに合わせている。さっと塩を振って口中に放り込むと黄身の甘さが引き立つ。白米と一緒に慌《あわただ》しく咀嚼《そしやく》していると、誠也が非難がましい目でこちらを見ている。食べ方が下品なのは分かっているが、今日は構っていられない。

「せめて、よく噛め」

「大丈夫。今の部署に移ってから消化、めっちゃ早くなったから」

五分で朝食を平らげ、洗顔の後にナチュラルメイクを施す。髪はまだ寝癖がついたままだが、この程度なら通勤途中の手櫛で直せるだろう。荒っぽい職場だが、さほど化粧に気を使わずに済むのは有難い。

着替えを済ませて玄関に向かうと、誠也の方はとっくに身支度を整えており上り框《かまち》で靴を履いていた。

「駅まで一緒に行くか」

「ごめん、お先にっ」

瑠衣はドアを開けると勢いよく飛び出した。最寄り駅まで全力疾走して四分三十秒、今なら何とか間に合うかもしれない。

背後で誠也が呆れているのが目に見えるようだった。

東京都千代田区霞が関二丁目一番一号、警視庁本部が瑠衣の勤め先だ。刑事部のフロアに出ると、一目散に大会議室へと走る。

大会議室のドアを開けると、既に雛壇の上席者をはじめ、ほとんどの捜査員が着席していた。

空いている席に滑り込むと、隣に座っていた志木《しき》が「セーフ」と囁《ささや》いた。

「すみません」

午前九時に始まった捜査会議は富士見《ふじみ》インペリアルホテルで発生した大量毒殺事件に関するものだった。雛壇に並ぶのは村瀬《むらせ》管理官と津村《つむら》一課長、所轄である丸の内署署長、そして根岸《ねぎし》刑事部長だ。

捜査員の数は目視でざっと四百名、従前に予告されていたものの、いざ数が揃うとさすがに壮観だった。

「捜査会議でこれだけの人数を前にするのは久しぶりだ」

村瀬の第一声はいつものように乾いている。捜査本部の規模が小さかろうと大きかろうと、村瀬の態度には微塵の変化もない。

「昨日六月三日、富士見インペリアルホテル〈翡翠《ひすい》の間〉にて毒物による大量殺人が行われた。パーティーの参加者二十名のうち十七名が死亡、その中に日坂浩一《ひさかこういち》議員が含まれている」

明言しないものの、初動捜査の段階で大所帯にした理由は、犠牲者の数も然《さ》ることながら現職の国会議員が殺害された事実によるものだ。居並ぶ捜査員たちも事情は了解済みで、全員が緊張に顔を強張《こわば》らせている。

今回、専従で捜査にあたるのは桐島《きりしま》班だ。捜査一課の中では麻生《あそう》班と並んで検挙率を争う班なので、こうした重大事件の専従にさせられるのは至極当然と言える。

検挙率にしのぎを削る班もあれば瑠衣のいる宍戸《ししど》班のように、あまり目立ちもしない班もある。班長の宍戸自身が昼行灯《ひるあんどん》のような男なので、これは致し方ない部分もある。

おそらく、この重大事件も桐島班が現場の指揮を執って容疑者逮捕に向かうことだろう。怠惰というものは伝染するらしく、瑠衣もまた桐島班や麻生班の働きに羨望を覚える一方、私生活に犠牲を強いられる仕事は避けたいのが本音だ。自身の生活を平穏にできずに市民の生活を安寧にできるとは思えない。

扱っているのが犯罪というだけで、警察官は単なる公務員だ。命や人生まで懸ける必要はない。自分にできる仕事を精一杯こなしていけばいい。

「言うまでもないが、現職の国会議員を含め十七人もの人間を毒殺した大量殺人事件だ。世間は言うに及ばず早期解決を望む声はかつてないほど大きい。解決が一日遅くなる度に警視庁の威信が一つずつ失われると思え。以上」

捜査会議が終了すると、宍戸がこちらに近づいてきた。

「志木と春原は所轄と地取りに行ってくれ。事件直後、富士見インペリアルホテルから出た人物を残らず篩《ふるい》にかける」

指示の内容に従えばホテルの宿泊者名簿のみならず、防犯カメラの映像も逐一確認しなければならない。おそらくは数日を要する作業になる。無論、志木と瑠衣は常に複数の案件を抱えているが、この地取りは最優先事項になるだろう。どちらにしても当分はひと息吐《つ》く間もない。

瑠衣は密かに嘆息した。

早速、志木と瑠衣は内幸町の富士見インペリアルホテルへ急行し、警備室へと向かう。防犯カメラのハードディスクは既に回収されており、事件当日の宿泊者名簿も入手している。瑠衣たちはホテル従業員たちに不審な客や出入り業者を見かけなかったかを聴取していく。だがフロア担当だけで八百人、ホテル全体では一千人以上の従業員が勤務している。一人ずつの聴取では間に合わず五人単位の聴取となったが、それでもなかなか終わりは見えてこない。昼休み抜きで訊き続けていると、あっと言う間に日が暮れてしまった。

「そろそろ飯にするか」

志木の提案に一も二もなく頷《うなず》く。ちょうど空腹を覚えていた頃だった。

「ただしホテルの中でディナーと洒落込むような余裕はないぞ」

「大丈夫ですよ。この辺りで安くて美味しい店、知ってますから」

新橋駅周辺には財布に優しい飲食店が軒を連ねている。ホテルから少し歩かなければならないが、それだけの価値はある。志木を引き連れて目的の店に向かうと、会社をはけたサラリーマンたちで賑わい出した新橋の街が暗く輝いている。

西新橋の交差点まで来た時だった。

瑠衣の視界にパトカーと救急車、そして交通部捜査員たちの姿が飛び込んできた。

事故か。

救急車が到着しているからには人身事故、路肩に寄せてあるトラックが事故車だろう。だが何より瑠衣の目を引いたのはパトカーや救急車ではない。現場に立っている捜査員の一人が顔馴染みだった。

瑠衣が見ている前で救急車が警光灯を回しながら発車した。

目指す店が現場の向こう側なので嫌でも近づくことになる。案の定、向こうの方から瑠衣たちを見つけた。

「春原じゃないの」

声を掛けてきたのは交通部の綾部《あやべ》礼香《れいか》だ。瑠衣とは警察学校の同期で、時々女子会を開きもする間柄だ。

「どうしたのよ。こんなところで」

「内幸町のホテルで事件でさ。こっちは人身事故なの。それにしちゃ人が多いみたいだけど」

「事故じゃない」

礼香は俄《にわか》に声を低くした。

「トラックが通行人を撥《は》ねたという通報があったから駆けつけた。でも運転手や目撃者の話を総合すると、歩道から突き飛ばされた被害者が走ってきたトラックに轢《ひ》かれたみたい」

「何かの弾みで突き飛ばされた訳じゃないのね」

「突き飛ばしたらしき人物が現場から逃走している。現段階では事故と事件の両面から調べているけど、感触としては事件の色合いが濃い」

瑠衣は事情聴取されている運転手に視線を移す。初老の男性で狼狽気味だが、自分は被害者だという顔つきをしている。

「被害者、今しがた運ばれていったよね」

「搬送はしたけど、救急隊員が到着した時点で心肺停止状態だった。法定速度ではあったけど相手がトラックだからね。全身打撲でひとたまりもなかった」

「お気の毒に」

瑠衣は周囲を見渡してみる。駅前の交差点なので防犯カメラは設置してあるが、被害者が突き飛ばされた瞬間を捉えているかどうかは分からない。

「カメラの撮影範囲に入っているかは微妙なところ。もちろん解析するけど、今は目撃情報の収集で手一杯」

「被害者の身元は判明しているの」

「札入れに社員証が入っていた。藤巻亮二《ふじまきりょうじ》、五十五歳。ヤマジ建設資材課勤務」

一瞬、耳を疑った。

「ヤマジってカタカナで書くの」

「そう。何だ、春原知ってるんだ」

知っているも何もない。

ヤマジ建設は父親の勤務先だ。

「もう本人の家族には連絡したの」

「携帯していたスマホが大破して使用不能。だからまず会社に連絡した。中堅の建設会社で、さっき本社に在籍を確認したばかり」

会社経由で家族に不幸が知らされる。家族が驚愕《きょうがく》し、悲嘆に暮れる姿が目に見えるようだった。

「現場検証が済んだらあたしも病院に行かなきゃ」

遺体を家族に引き合わせて本人であるかどうかを確認する。愁嘆場になるのは分かりきっているので、立ち会う礼香も辛いところだ。

「犯人、すぐに見つかればいいね」

「明日にでも自首してくれたらいいんだけど」

挨拶を交わして別れると、志木とともに店へと向かう。だが空腹感を伴った期待は、いつしか萎《しぼ》んでいた。顔見知りでなくても、近親者に関わりがある人間の死は食欲を殺《そ》ぐに充分だった。

瑠衣が帰宅すると、先にパジャマ姿の誠也がリビングで寛いでいた。

「おかえり」

「すぐ、お風呂入る」

「ああ」

素っ気ない口調だが、瑠衣にだけ聞き取れる労《いた》わりの響きがある。口数が少ないのは誠也の性格なのか、それとも世の父親全般の傾向なのか。

父娘の帰宅時間が逆転したのは瑠衣が警視庁に配属されてからだった。それまでは常に誠也の帰りが遅く、瑠衣が夕食の用意をしていたものだ。自分よりも娘が遅れて帰るようになると、建築屋よりもブラックな仕事があるのかと呆れられた。

ふと、トラックに轢かれた藤巻の件を切り出すべきかと考えた。ヤマジ建設の従業員は千人超と聞いたことがある。千人もいれば顔や名前を知らない社員がいて当然だ。藤巻は資材課、誠也は土木課の現場責任者と所属も違う。だが五十五歳という年齢が引っ掛かる。誠也と同い年なのだ。

「お父さん。会社で藤巻亮二って人、知ってる?」

「知っている」

誠也は訝《いぶか》しげな顔を見せる。

「同期だ」

「部署が違うでしょ」

「入社当時はあいつも現場担当だった。しかし、どうしてお前の口から彼の名前が出るんだ」

「さっき西新橋の交差点で人が撥ねられたんだけど……被害者はその藤巻さんだと思う」

誠也の顔つきが一変した。座っていた椅子から腰を浮かせ、瑠衣に詰め寄る。

「確かなのか」

「交通部の知り合いが現場検証していたから教えてもらったんだけど、札入れに社員証が入っていたって」

「どこに担ぎ込まれた」

「搬送先は聞いていないけど……現場で死亡が確認されたらしい。走行中のトラックに轢かれたからひとたまりもなかったと思う」

次に誠也が見せたのは、娘が全く知らない顔だった。驚愕と狼狽に彩られ、いつも泰然としている誠也とは別人にすら思える。

「奥さんには知らせたのか」

「自宅の連絡先が分からないから会社に問い合わせたと言っていた。会社経由でご家族に連絡がいったと思うよ」

「そうか」

誠也は力なく言うと、椅子にすとんと腰を下ろす。

「そうか」

瑠衣は半ば呆れて父親を見る。母親が乳がんを患って逝った時は控え目に悲しんでいた男が、今は途方に暮れた子どものような顔をしている。

誠也は良くも悪くも昭和の残滓《ざんし》を感じさせる男だった。根っからの仕事人間で口数が少なく、娘に対してもいつも距離を測りかねているところがある。警察官、しかも殺人を扱う部署で働く娘が扱いにくいのかもしれない。そう言えば瑠衣が捜査一課に配属されたと報告した時、誠也が最初に投げてきた質問は「家でも拳銃を持ち歩くのか」だった。

家の中では無骨さと間が抜けたところしか瑠衣は見たことがない。その誠也が父親以外の表情をしている。

「よかったら搬送先を調べてみようか」

「いや……もう会社の人間や奥さんが駆けつけているだろう。俺の出る幕じゃない。それより」

誠也は瑠衣を正面から見据える。

「藤巻はトラックに轢かれたと言ったな。純然たる事故なのか」

礼香と話した内容を告げていいものか一瞬迷ったが、どのみち報道されれば明らかになることだと判断した。

「誰かに歩道から突き飛ばされたらしい」

「そいつはもう捕まったのか」

「現場から逃走したって聞いている」

「どんなヤツだ。男か女か。年寄りか若いのか」

「そこまで分からないよ。まだ目撃証言も集まってないし、第一わたしは管轄外だし。お父さん、そんなに藤巻さんと仲が良かったの」

「特別仲が良かったという訳じゃないみたい」

「じゃあ、どうしてそんなに躍起になるのよ。いつものお父さんじゃないみたい」

誠也は不意に視線を逸らす。

「同期で入社して四半世紀以上同じ釜の飯を食っているんだ。気になるのは当然だろう」

「今でも顔を合わせることがあるの」

「ああ」

「藤巻さんは誰かに恨まれたり憎まれたりしてたの」

口に出してからしまったと思う。刑事の習性が頭を擡《もた》げて、つい聞く必要のないことまで質問してしまう。

誠也はあまり気にする風もなく答える。

「真面目な男だ。それ以外は知らん」

答えをはぐらかされているような気がしたが、深く追及することに逡巡《しゅんじゅん》があった。

「大丈夫、逃げた犯人はすぐに特定されるから」

「同じ警察にいるのなら、そういう情報はお前にも共有されるんじゃないのか。できればすぐに教えてくれないか」

自分の耳を疑った。とても誠也の言葉とは思えない。

「あのね、お父さんの会社では情報共有が当たり前かもしれないけど、警察には厳重な守秘義務や管轄があるの。わたしが課長職やそれ以上ならともかく、ヒラの刑事にそんな権限はないんだったら」

「それでもマスコミ報道よりは詳しい話が耳に入るだろう」

話している最中から違和感を覚えた。普段であれば決して娘の仕事に介入しようとする誠也ではない。あまつさえ個人的に便宜を図ってくれなどと言ってくるとは思いもよらなかった。

「いったいどうしちゃったのよ、お父さん」

つい語気が荒くなる。

「仕事に私情を持ち込むなって、お父さんが言ったことじゃないの」

さすがに応えたのか、誠也は反省の色を見せた。

「そうだったな」

それきり藤巻の話題は立ち消え、誠也はテレビのチャンネルをニュース番組に合わせる。二人の会話は途切れ、いつもの緩やかな時間が流れる。

しかし父娘の間には見えない壁が出来ていた。


翌日も、瑠衣は志木とともにホテル従業員の事情聴取を続行した。誠也のせいで藤巻の事件が気になったが所詮は他部署の事件だ。大量毒殺事件で猫の手も借りたい時に、礼香に探りを入れる余裕などまるでなかった。この日も一段落ついたのは夜七時過ぎだった。

「二日ぶりに嫁の作ったものが食べたい」

そう言って志木はそそくさと帰ったので、瑠衣は今日も外食で済ますことにした。

昨夜と同じ店に向かったのは、今夜も礼香に出くわさないかとどこかで期待していたからだ。

積極的に捜査の進捗《しんちょく》状況を訊き出すのではなく、世間話の延長で何とはなしに耳にしてしまった。それなら積極的な公私混同にはならないだろう。

卑怯なようだが建前を拵《こしら》えなければ己の職業倫理が破綻しそうで怖かった。そして都合よく例の現場で礼香の姿を目にした。少し考えて、都合がよかった訳ではなく目撃情報が充分に収集できていないだけなのだと思い至った。

「お疲れー」

罪悪感を誤魔化《ごまか》すための馴れ馴れしさが自分でも嫌になる。

「奇遇。まだ地取りやってるの」

「なかなか目ぼしい情報がなくてさ。春原はもう上がりなの」

「これからおひとり様。良かったら付き合わない。奢《おご》るよ」

「三十分、待ってくれたら」

「全然オッケー」

目的の店名と場所を伝える。最近見つけた創作イタリアンの店で、内装が洒落ていて財布に優しい。個室を頼んだので周囲に気を使わずに済む。

ちびちびチーズと白ワインで時間を潰していると、きっかり三十分後に礼香が現れた。二人で本格的に注文し、まずは乾杯する。

「春原に奢ってもらうなんて初めてだね。何か魂胆でもあるの」

「鋭いなー」

「お互い刑事じゃん」

「実は昨夜の突き飛ばし、ちょっと気になってさ。被害者が勤めていたヤマジ建設、父親の勤務先なんだよね」

「へえ。お父さんと藤巻さんは旧知の仲なの」

「どこまで親しいか分からないけど同期だって」

「じゃあ、あたしと春原と一緒だ。個室を選んだのは捜査情報の漏洩《ろうえい》を気にしてか」

「話せないような情報まで訊こうとは思ってない。昨夜は病院に行ったんだよね」

「会社の同僚と少し遅れて奥さんと娘さんが到着。毎度のことながら居たたまれなかった。本人であるのを確認してから事情聴取。故人を恨んでいる人物に心当たりはありませんか。回答、誰一人として思い当たりません。よくあるケースよ。まあ、亭主の周りは敵だらけでしたってのは特殊な商売に限られるんだけどさ」

その場面を思い出したのか、礼香は顔を顰《しか》めてワインを口にする。

「職場と家庭で見せる顔が違うというのは珍しくないでしょ。でも同僚も奥さんも似たような人物評だった。とにかく真面目で愛妻家。悪い噂は一つもなし」

「だったら、犯人が衝動的に藤巻さんを突き飛ばした可能性もあるね」

「通り魔事件となると厄介よ。容疑者の絞り込みに時間がかかる」

瑠衣も強行犯を扱っているから事情が分かる。殺人事件の場合、容疑者として浮上するのは八割方が被害者の家族か知人だ。従って容疑者を絞りやすく、周辺情報も集めやすい。一方、通りすがりの犯行は鑑取《かんど》りが困難であるため防犯カメラと目撃情報だけが頼りとなる。

「事件を目撃しても関わりになるのが嫌さに名乗り出てくれない人もいるでしょ。あの時間、現場となった交差点はサラリーマンとＯＬが大勢行き来しているんだけど、大抵の勤め人は帰宅時間も一定しているから、事件発生と同時刻に通りかかった人間、片っ端から声を掛けている」

「で、情報は集まったの」

「春原も捜査一課なら知ってるでしょ。目撃証言は重要だけど、それほど当てにならない。衝撃的なものを目撃した直後は、混乱から記憶が捏造されやすい。だから同一の場面を目撃していても人によって内容が違ってくる」

「うん。だから防犯カメラが一番頼りになるし、目撃情報しかない場合は多かった証言を採用する」

「藤巻さんを車道に突き飛ばしたのは『黒か、黒っぽい服』を着た人間で『中肉中背か小柄』で、『歳は三十代から五十代くらい』。これじゃあ似顔絵も描けやしない。あ、お兄さん。同じものをお代わり頂戴」

礼香はピッチを上げるが、元々酒豪なので顔が赤くなることも呂律《ろれつ》が回らなくなることもない。

「ただ、藤巻さんが他人から恨まれる人物でなかったとしても、単なる通り魔だとは思えない。あくまでもあたし個人の意見だけどね」

「根拠は」

「藤巻さん、ガタイこそ中肉中背なんだけど結構体重あるのよ。直近の定期健診では七十五キロ。あのさ、体重七十五キロの人間を車道まで突き飛ばすには相当な力が必要な訳よ。苛々していたからとかストレス発散しようとかの衝動的な理由だけで藤巻さんを犠牲者に選んだとは、ちょっと考えにくい。衝動的な動機だったとしたら、もっと体重の軽そうな男性かさもなければ女性を狙うと思う」

「やっぱり藤巻さんを狙っての犯行だと考えているのね」

「言葉は正確にお願いします。単なる通り魔だとは思えないと言ったの。要するに、まだ犯人像が摑めていないいってだけの話」

「これから、どうやって詰めていくつもり」

「ヒラには捜査の主導権なんてないしさ。ただ、何者かが藤巻さんを突き飛ばしたという確証が得られた段階で、交通事故から殺人事件にシフトする。そもそも最初の通報が、通行人がトラックに轢かれたという内容だったから交通部のあたしたちが出動したんだけど、事と次第によっては捜査一課にお鉢が回ってくるかもよ」

「それ、無理っぽいなあ。今は猫の手も借りたいくらいの状況だし、どうしたって現職議員も巻き込まれた大量毒殺事件の方に人員が割かれているからね」

藤巻の事件が捜査一課に移行する可能性は瑠衣も頭の隅にあった。だが積極的に捜査に参加したいかと問われたら返答に困る。捜査情報を知りながら口に出せず、情報開示を欲する父親とのせめぎ合いになるのが目に見えているからだ。

割り切れない気持ちを喉の奥に流し込むように、瑠衣はグラスの残りを一気に呷《あお》る。

2

担当している事件に忙殺されていても、聞き耳さえ立てておけば直近に起きた事件の続報くらいは知れるはずだ。

ところが藤巻の事件から二日が経過しても、捜査が進展したという話は流れてこなかった。これはマスコミ報道も同様で、後追い記事やニュースの類は未だに一本も出ていない。少し考えれば見当がつくのだが、マスコミ各社は現職国会議員を巻き込んだ大量毒殺事件の報道に人員と紙面や放送時間を割いていたので、中堅ゼネコンの社員の不審死まではなかなか手が回らないのだろう。

折を見て礼香に進捗状況を訊こうとも思ったが、あまりしつこいと変に勘繰られる惧《おそ》れがあるので自重せざるを得ない。加えてそうそう現場に居合わせるのも不自然極まりない。

この日も心身ともに疲れ果て、帰宅したのは午後十一時過ぎだった。

「ただいま」

今日も誠也は先に帰っていた。

瑠衣も夕食はハンバーガーショップで済ませたので、後は入浴して寝るだけだ。

リビングを横切ろうとした時、呼び止められた。

「藤巻の事件だが」

どこか遠慮がちな声だった。

「犯人の目星はついたのか」

疲れている上に礼香への遠慮もある。それなのに、いかにも配慮のない物言いが癪《しゃく》に障った。

「ウチの課には関係ないんだったら」

激情が口を開かせた。

「わたしはわたしで重大事件の捜査でまともに休んでもいない。現職国会議員を含めて十七人の人間が殺されている大事件なの。建設会社のサラリーマンがトラックに轢かれただけの事件とは違うの」

「建設会社のサラリーマンよりも国会議員の方が重大事件なのか」

口にしてからしまったと思ったが、もう遅かった。

「同じ人間だぞ」

「今のは言葉の綾だけど、事件によって投入する人員の数が違うし、捜査の進め方も違う。そんなに簡単に犯人の目星がつくなら、わたしたち警察官も苦労しない」

「西新橋の交差点は人通りが多い場所と聞いた。それなら目撃者も多いんじゃないのか」

「だから、それは交通部の管轄で、わたしが入り込める余地はないんだったら。何回言わせれば気が済むのよ」

瑠衣は自分の言葉に興奮する癖がある。学生時代はそれが原因で何度後悔したことか。舌禍で失った友人もいたくらいだ。さすがに警察官を拝命してからは意識して押さえるようになったが、相手が家族となれば気も緩む。

束の間、気まずい沈黙が流れる。

誠也は家の中で大声を張り上げたことがない。瑠衣がやんちゃだった頃は、ただじっとこちらを睨み続けた。決して手は上げず、威圧だけで瑠衣の動きを封じたものだ。

久しぶりに睨まれるのかと身構えたが、予想に反して誠也の目は光が乏しかった。

「悪かったな。お前の仕事を邪魔するつもりはないんだ」

父親の謝る姿は最低だと思った。

見ているこちらが惨めな気持ちになる。

「同じ釜の飯を食ったといっても、ただの同期なんでしょ。どうしてそこまで執着するのよ」

「仮の話をしても詮無いが、もし別の部署にいるお前の同期が理由もなく殺されたとしたらどうだ。せめて犯人がどういうヤツなのか知りたくならないか」

咄嗟《とっさ》に浮かんだのは礼香の顔だった。言われる通り、彼女が何者かに殺されでもすれば捜査の進捗が気になるだろう。いや、自分が担当になって直接捜査してやろうと思うに違いない。

「お父さんの言いたいことは分かるけどさ。まだ二日しか経ってないじゃない。もう少し余裕持ってよ」

「明日、ご遺族と会う。その前に少しでも進展があればと思った」

「明日って」

「藤巻の葬式だ」

誠也は席を立ち、寝室の方へと消えていく。何か言わなければと瑠衣は口を開きかけたが、結局言葉にならなかった。


翌日、登庁した瑠衣は礼香の予言が的中したことを知った。

「別の事件を抱えることになった」

刑事部屋で顔を合わせるなり、志木は溜息交じりに洩らした。

「交通捜査課からお鉢が回ってきた。知っての通り、西新橋の交差点で、何者かに突き飛ばされたサラリーマンが走ってきたトラックに轢かれた」

年甲斐もなく因縁を感じた。交通部担当のままでいてくれれば深く関わらずに済んだのに、選《よ》りに選って自分たちが担当する羽目になるとは。

「通報時点ではただの人身事故だったが、その後の捜査で、通り魔的な殺人だと断定された」

「でも、どうして宍戸班に」

「富士見インペリアルホテルの事件で比較的人員に余裕のあるのがウチだと判断されたらしい。全く、この勤務状況のどこに余裕があるっていうんだろうな」

「殺人と断定された根拠は何だったんですか」

「交通捜査課が根気よく目撃証言を拾い集め、被害者が車道に突き飛ばされたと確定させた」

「折角そこまで捜査を進めたのなら、犯人逮捕まで続けてほしかったですね」

「交通部長と刑事部長との間で駆け引きがあったみたいだな。二人ともこれ以上、事件を抱え込むのは避けたいしな」

組織である限り、どこにでもパワーバランスが存在する。悩ましいのは、そのしわ寄せが最終的には末端の人間に及ぶことだ。

「引継ぎはありますか」

「人より先にモノがきた」

志木はデスク横の段ボール箱を指す。

「箱の底に捜査資料が放り込んである」

「箱一つで引継ぎ完了ですか」

「お互い時間もない。資料の中に不明点があれば前任者に訊けとよ」

礼香たちは地取りに苦労していたようだが、殺人と断定するだけの証言を集めたらしい。言い換えれば、捜査情報は目撃証言に留まっている。

「防犯カメラの映像とかありませんか」

「まだ中身までは確認していない」

瑠衣は箱を開けて捜査資料の内容を確認する。不安は的中した。

「見当たりませんね、防犯カメラの映像」

「現場がカメラの死角に入っていたのかもな。詳細は交通捜査課に訊くしかない」

他には藤巻亮二の解剖報告書と実況見分調書等が入っていた。わずかな分量なので二時間もあれば目を通せそうだ。

解剖報告書に記載された死因は全身打撲と内臓破裂によるショック死だった。制限速度を守っていたとしてもトラックが相手なら当然の結果だろう。遺族に言えることではないが、即死だったのがせめてもの救いだ。

家族構成についても若干触れられている。妻は佳衣子《けいこ》五十歳、娘は律《りつ》十九歳。藤巻の両親はすでに亡く、兄弟はいないので、妻と娘だけが肉親ということになる。

資材課とは聞いていたが課長職だったらしい。役職者であるのも誠也と同じだ。

「殺人と断定されたからには、家族や会社にも訊き込みしなきゃならんな」

「今日は葬式で」

言い終わらぬうちに、しまったと思った。

「葬式だと、どうして分かる」

「ほら、解剖報告書がここにあるってことは遺体が返却されたって意味だから、今日あたりが葬式かなって」

慌てて答えたが、幸い志木には怪しまれなかったようだ。

「うん、妥当な線だな。早速、斎場の場所と葬儀の時間を確認するか」

「行くんですか」

「当然だろ。葬儀には親族も会社関係者も参列するから事情聴取するにも都合がいい。ひょっとしたら被害者を突き飛ばした犯人が様子を窺《うかが》いに来ているかもしれない。カメラの準備をしておいてくれ」

志木は今にも部屋から出そうな勢いだ。

打ち明けるなら今しかない。

「あの、実はウチの父親が被害者と同じ会社なんです」

「春原の親父さんが。じゃあ、ひょっとして親父さんも葬儀に参列するっていうのか」

「はい」

「しょうがない。それじゃあ、お前に会社関係者の事情聴取を任せる訳にはいかんな。斎場の外で参列者や見物人の写真を撮っとけ」

「すみません」

「お前が謝ることじゃない。しかし班長にはその旨、報告しとけよ。今言っておけば後になって咎《とが》められずに済む」

瑠衣は心中で手を合わせる。コンビを組んで二年になるが、志木の鷹揚《おうよう》さがなければ今まで続かなかっただろう。

ヤマジ建設に確認すると、すぐに葬儀の場所と時間を教えてくれた。瑠衣と志木は直ちに斎場へと向かう。

斎場は台東区上野公園に隣接した広大な敷地の中にあった。徳川将軍家の菩提寺となった由緒ある寺で、重要文化財の黒門をはじめ境内の随所に歴史的建築物が威容を誇っている。藤巻の葬儀は参列者八十人を収容できる第二会場で行われる。

瑠衣は開場の十五分前から敷地の外に待機していた。既に記帳は始まっているが、参列者は六十人程度で瑠衣一人でも充分に追える人数だった。

ただし居心地はよくない。

昨夜まで対岸の火事くらいにしか捉えていなかった事件を、今は自分が担当している。しかも父親の同僚が殺害された事件だ。通常の強行犯事件とはやはり感触が異なる。妙な喩《たと》えだが他人の服を着ているような気分だった。

志木や他の捜査員は弔問を終えた会社関係者に事情聴取するべく、斎場の正門近くを張っている。親族への聴取は葬儀が終わってからの予定だ。

記帳する弔問客の一人一人をズームで捉える。ブラックスーツの上からでも筋骨隆々としているのが分かる者もいれば、小太りで贅肉のついている者もいる。建設会社勤務といっても皆が皆、体格がいい訳ではない。当たり前のことだが、日頃から父親を見ているのでつい先入観に囚われてしまう。

デジタルカメラのファインダーの中で神妙な顔つきが続く。時折斎場の外にも目を向けるが、野次馬と思しき人影は見当たらない。著名人でもなければ重大事件の被害者でもない、いちサラリーマンの葬儀だ。野次馬の興味を掻き立てる対象ではない。

一人一人を撮影していると、不意に見慣れた顔がファインダーの中に現れた。

誠也だ。

カメラ越しに父親を見つめながら、瑠衣は奇異な感に打たれる。普段と同じく無愛想な顔だが、それでも家の中で見せる顔とはずいぶん違う。母親の葬儀の時にも見せなかった悲痛な顔つきが瑠衣を不安にさせる。

誠也が記帳係に悔やみを述べている。三人が顔見知りかどうか、表情からは窺い知れない。

容疑者が紛れ込んでいるかもしれない現場に父親がいるという違和感がどうにも拭えない。志木などは「授業参観みたいなものだと思えばいい」とアドバイスをくれたが、とても和気藹々《あいあい》という雰囲気ではない。むしろその逆だ。殺伐として肌の表層がひりつく。

悔やみを言い終えた誠也は深く頭を下げてから会場へと消えていく。現金なもので、父親の姿が視界から消えた途端に平常心を取り戻すことができた。

最後の一人が会場に消えると、係の者も記帳所を後にした。残っているのは葬儀社の社員だけとなり、瑠衣はようやくファインダーから目を離した。目視した限りでは風体や素振りの怪しい参列者は皆無だった。また参列者以外の不審な人物も見当たらない。

だが、藤巻の死が謀殺である以上、この葬儀を冷ややかに見物している人物が存在する。斎場の近くから、あるいは離れたところから遺族や同僚の悲嘆に暮れる姿を嗤《わら》っている犯人がいる。

瑠衣の中で、次第に犯人への憤怒が醸成されていく。

葬儀は告別式から出棺へと続き、火葬をもって終了となる。葬儀の最中は喪主を含めた遺族が忙殺されるため、事情聴取はその後に行わざるを得ない。

会社関係者へ聴取した結果は志木が伝えてくれた。

「会社関係者で参列したのは三十二人、別の部課長を除けば藤巻さんの部下が二十人。資材課の主だった人間は全員が参列したらしい」

「部下だったら辛辣《しんらつ》な人物評も少しはあったんじゃないですか」

「それがな、全員が全員、判で押したように好人物だったと言うんだ。いささか真面目過ぎるきらいはあるが、資材課にはなくてはならない人材だったという意見が大勢を占めた」

話の流れで資材課の業務内容を訊くこともできたらしい。

「資材課というのは原材料の調達、取引先への支払業務、取引先との購買契約書の締結業務が三本柱だそうだ。良質な原材料をどこからどれだけ安価で調達するかが腕の見せ所で、藤巻さんはいくつもの業者にパイプを持ったベテランだった。弔辞を読んだ会長は『余人をもって代えがたき人材』と称えていた。弔辞ならではの美辞麗句かとも思ったが、関係者の証言は軒並み同意見だった」

「そんなに有能な人材なら、逆に疎《うと》まれませんか」

「部下の面倒見がよく、慕う人間はいても嫌う人間はいなかった。あの体型で愛嬌もあったから、女子社員たちは〈プーさん〉という綽名《あだな》で呼んでいたらしい」

瑠衣と志木は妻の佳衣子と娘の律が火葬場から帰宅した頃合いを見計らって自宅を訪問した。藤巻宅は入谷《いりや》の住宅街の一角にあり、玄関ドアに貼られた〈忌中〉の札が物悲しくはためいている。

インターフォンで身分と来意を告げると、しばらく経ってからドアが開けられた。応対に出た佳衣子は葬式疲れからか、それとも泣き疲れかすっかり憔悴《しょうすい》しきっていた。娘は別室で休んでいるので質問は自分が受けると言う。

この場での聞き役は志木が引き受けてくれた。瑠衣なら質問するにも気が引けるところを、志木は躊躇《ちゅうちょ》も見せずに問い掛ける。

故人はどんな人となりだったのか。

プライベートでも仕事上でも、故人を憎んだり恨んだりした者はいなかったか。

事件の前後で本人や家族に異常や変事は見られなかったか。

事情聴取としてはありきたりの内容だが、佳衣子は眉根を寄せた。

「以前、その質問にはお答えしたのですが」

「最初の担当は交通捜査課の者でした。今は捜査一課に代わっているので、同じ質問になるかもしれませんがご協力をお願いします」

佳衣子は諦め顔で頷くと、ぽつりぽつりと話し始める。

「会社での立ち居振る舞いがどういう風だったかは知りませんけど、家の中では真面目というか融通の利かない方でしたね。家財道具は決まった場所にないと落ち着かないし、トイレットペーパーは切り取り線で切れてなければ文句を言ってたし、決まりを作って守ることに熱心でした。

それで中学時代の娘と何度か衝突したこともあります」

「生活全般を管理していたのですか」

「全般だなんて、そんなにきっちりしたものじゃありませんよ」

佳衣子は寂しそうに笑う。

「決まりを作ることが父親の役目だと考えていたみたいですけど、家族でも日常の挨拶は欠かさないとか入浴の順番は守るとか些細《ささい》なことばかりです。些細なことだから年頃の娘から反感を買ったんですけどね」

そう言えば、誠也は無愛想ではあっても強権的でも教条的でもなかったと思い至る。

「でも、いい父親で、いい夫でした」

質問した側の志木が言葉を詰まらせた。

「職場に顔を出したことがありませんから、主人がヤマジ建設でどんな風に振る舞っていたかは存じません。でも、家の中や近所では敵を作るような人じゃありませんでした。地域の集まりや催しには嫌な顔一つ見せずに参加しました。家の中だけじゃなく、ご近所にも挨拶を欠かしませんでしたから、悪い評判もなかったと思います」

「ご主人を恨むような人物に心当たりはないというんですね」

「恨まれるとしたらわたしの方でしょうね。あんなにできた人と家庭を持てたんですから」

普段なら笑い飛ばせる惚気《のろけ》話が、今はただ切ない。

「だから、主人の死に一番納得がいかないのはわたしと娘なんです。前の刑事さんの話では通り魔みたいに襲われた可能性があるということでしたけど、あんな重そうな人を衝動的に突き飛ばそうなんて考える人がいるでしょうか」

見立ては現職の刑事と同じか。瑠衣は佳衣子の着眼点が礼香のそれと同一であることに少し感心した。

「主人は単なる通行人の一人としてではなく藤巻亮二として狙われたのではないかと思います。でも、そうなると狙われた理由が分からないんです」

今まで伏し目がちだった佳衣子が、きっと顔を上げる。

「ただの事件じゃなく、殺人事件と決まったから担当が代わったんですよね」

「そう受け取っていただいて構いません」

「では、必ず犯人を捕まえてください。捕まえて、どうしてあんな善い人を殺さなければならなかったのか、理由をはっきりさせてください」

押し出しが強い訳でも声が大きい訳でもない。だが佳衣子の訴えは怨嗟《えんさ》とともに瑠衣の胸に流れ込んでくる。怠惰も妥協も誤魔化しも一切許さないという意思に呑まれそうになる。

「もちろんです」

志木はそう答えたが、佳衣子に圧倒されているのは声の調子で丸分かりだった。

結局、この日の帰宅も夜十一時を過ぎた。入庁以降、どんどん帰宅時間が遅くなっているのは決して勘違いではない。父親に指摘された警察のブラック体質はその通りだと認めざるを得ない。

誠也はいつもと同様リビングにいた。ただし、いつもと違う面もある。そこにあったのは見慣れた者の見慣れぬ姿だ。

誠也はしたたかに酔っていた。

瑠衣は驚いた。誠也は下戸を自認し、外でも家でもアルコールを口にすることがなかったからだ。物心つく頃から、父親が赤ら顔を晒《さら》して酒臭い息を吐く姿など一度も目撃していない。

テーブルに酒瓶やグラスの類は見当たらないので、どうやら外で呑んできたらしい。どういう風の吹き回しかと訝しんだが、誠也は瑠衣の姿を認めても気後れする様子がない。充血した目でこちらを見上げ、何か言いたそうだった。

「藤巻の捜査は、捜査一課が引き継いだらしいな」

告別式の最中から志木たちが訊き回っていたのだ。参列していた誠也が、それを知らぬはずもない。

「そうだよ。ウチの班が専従することになった」

「斎場でお前を見かけなかった」

「ずっと外にいたから」

「刑事さんたちが会社関係者に藤巻のことを訊き回っていた。きっとご遺族にも同じ質問をしたんだろう」

自分と志木が藤巻宅に赴いた事実は黙っていた。打ち明ければ不愉快な展開になるのが容易に想像できた。

またぞろ捜査の進捗状況を尋ねられるのかと身構えたが、酔いの回った誠也にそのつもりはないようだ。

「同僚のことを刑事になった娘たちが調べる。考えてみれば妙な話だ」

「最初に探りを入れてきたのはお父さんじゃない」

「探りを入れる、か。娘が父親に言うような台詞じゃないな」

難癖をつけている訳ではないと分かっていても癇に障る。

「葬儀で奥さんと娘さんに会った。娘さんはまだ十九だ。喪主だから二人して懸命に泣くのを堪えていた。見るに耐えん」

「お酒呑んでいるのはそれが理由なの」

「呑まなきゃやってられん」

下戸の父親が無理に呑んでいるのなら、よほどの心痛だったに違いない。言葉の端々に引っ掛かるものはあるが、大目に見ることにした。

「呑むのは構わないけど、元々強くないんだからさ。ちゃんとベッドで寝てよ。風邪ひいても知らないからね」

一拍の沈黙の後、誠也はぼそりと呟く。

「藤巻は風邪もひけなくなった」

「ちょっと、やめてよ」

「世の中には悪いヤツがいっぱいいる。善人面して他人を陥れるヤツ、自分が助かるなら他人なんてどうなってもいいと思っているヤツ、大義名分さえあれば人が死んでも構わないと思っているヤツ。そんなのでいっぱいだ。どうせ殺すならそういうヤツにしろ。どうして藤巻みたいに真面目なヤツが殺されなきゃいけないんだ」

やはり呑み慣れないものを呑むものではない。酒の上での失態は大目に見るとしても、これ以上父親の情けない姿を見たくはなかった。

無視して前を横切ろうとした時だった。

「信じた俺が馬鹿だった」

酔っ払いの戯言《ざれごと》だが、引っ掛かりを覚えた。

「お父さん、いったい何を信じたの」

すると誠也は我に返ったかのように視線を逸らした。

「何でもない」

「どうせ愚痴なら最後まで言いなよ」

「訊くな」

「訊くのが仕事なんだけど」

「父親でも娘の全部を知っている訳じゃない。同じように娘が父親の全部を知る必要もない」

妙なことを言い出すと思ったが、言葉には険がある。畳みかけて聞いたら口論になると思ったので、酔いがさめるまで待とうとした。

だが瑠衣が風呂から戻ってみると、誠也は寝室に消えていた。

3

六月十八日になっても、犯人特定に繫がる目ぼしい情報は得られなかった。志木の不安が的中し、犯行現場は交差点付近に設置された防犯カメラの死角にあたり、藤巻が突き飛ばされる瞬間を捉えていなかった。目撃者もいるにはいたが、交通捜査課が難儀したように『黒か、黒っぽい服』を着た人間で『中肉中背か小柄』で、『歳は三十代から五十代くらい』、という曖昧な情報しか得られていない。

鑑取りをしても藤巻は好人物であり怨恨の線で手繰ろうとするには無理がある。状況から通り魔的犯行とは考え難いものの、積極的にそれを裏付ける証拠も見つかっていない。

「嫌なパターンだな」

捜査の進捗状況を受けた宍戸は苦い顔をする。事件発生から二週間経過したにも拘《かか》わらず、未だ容疑者を特定できる証拠はない。初動捜査の遅れは迷宮入りになる公算が高いので、班長の宍戸としては気懸りにならざるを得ない。

「現場付近を通行していたクルマはまだ特定できていないのか」

「残念ながら」

志木は力なく首を横に振る。

犯行の様子が防犯カメラに映っていなくても、当該トラックの前後を走行していたクルマが搭載しているドライブレコーダーには映っているかもしれない。捜査本部はその可能性に一縷《いちる》の望みを抱いていた。

成果の得られない捜査はゆっくりと捜査員たちの心身を疲労させていく。その上、宍戸班は大量毒殺事件に関する目撃証言を集める作業も抱えている。疲労した心身に鞭打ちながら実り少ない作業を続ければ尚更応える。

「そもそも犯人が藤巻亮二本人を狙ったという根拠は、偏《ひとえ》に彼が突き飛ばすには不適当な体格をしているからだ。犯人側の心理として頷けないことはないが、もし犯人が異常者だった場合、そうした心理的な合理性も怪しくなる」

毎度のことながら瑠衣は嘆息したくなる。

宍戸の弁は目撃証言の少なさに起因する慎重な発言だが、捜査方針を混乱させる元になりかねない。司令塔の方針があやふやでは捜査員が効率的に動けず、更に不必要な心労を重ねる。効率優先主義の桐島班、一課のエース犬養隼人《いぬかいはやと》を自在に動かす麻生班に水をあけられているのは、明らかに班長に拠《よ》るところが大だ。

「鑑取りをしても被害者を恨む者はいなかったそうじゃないか」

「しかし班長」

志木は穏やかに食い下がる。宍戸の優柔不断さを瑠衣以上に知る志木は捜査の方向性をぶれさせまいとしている。

「目撃証言では、容疑者と目する人物は黒っぽい服装でした。予《あらかじ》め印象に残りにくい色を選んだことから計画的であったと考えられます。異常者が衝動的に犯行に及んだと仮定するのは無理があります」

「ふむ」

宍戸は不承不承という体《てい》で小さく頷く。

「それなら鑑取りを継続して被害者の周辺事情を洗い直すしかないか。加えてトラックの前後を走っていた車両の洗い出しを徹底する。ところで春原。父親が被害者と同じ勤め先だったな」

「はい」

「父親の伝手《つて》でヤマジ建設の内部情報を入手できないか」

驚きよりも、やはりという思いが強い。宍戸に父親の勤務先を告げた時、当然予想できる展開だった。

「父と藤巻さんは同期入社というだけで、それ以上の接点はなかったようです」

あれこれと詮索されるより先に、知っていることは全て話した方がいい。

「本体だけで千人超、関連企業を加えれば従業員三千人を超える中堅ゼネコンです。部署が違えば、ほとんど交流はないと聞いています」

「しかし父親の紹介があれば、藤巻亮二の部署に深く食い込めるんじゃないか」

「……一度、頼んでみます」

ただし期待薄だという言葉は呑み込んだ。

宍戸のデスクを離れると、志木は同情の目を向けた。

「まあ、こうなるのは目に見えてたよな」

「はい。でも報告しないまま、途中で発覚するよりはずっといいです。忠告は有難かったですよ」

「仮に春原の親父さんの紹介があったとしても訊き出せる内容に大きな差はないんだけどな。紹介があろうがなかろうが、刑事に訊かれてするする出てくるような情報ならとっくに入手できている。もちろん班長だって、そのくらいは承知しているはずだ」

「承知していて、どうして」

「追い詰められているからさ。溺れる者は藁をも摑むからな」

志木の皮肉を聞いて切迫感が緩む。この男は切羽詰まった際も適度な軽口を忘れないので助かる。

「春原が直接頼むのに気後れするなら、俺が親父さんに頼み込むという手もあるぞ」

「折角ですけど、それには及びません」

早速今晩にでもという訳にはいかないが、折を見て誠也に話してみよう。藤巻を殺害した犯人を捕まえるためなら協力してくれるに違いない。

瑠衣はわざと楽観的に考えようとしていた。仮に誠也が協力を拒否したとしても、依頼した時点で自分の責任は果たしたことになる。

だが、やはり楽観的に過ぎたのだ。


翌十九日、午後十一時五十五分。

この日も帰りが遅くなった瑠衣が自宅に到着する寸前、スマートフォンが着信を告げた。発信者は宍戸だ。

「はい、春原」

『今、どこだ』

「最寄り駅から自宅に向かっている最中です」

『事件だ。またヤマジ建設の社員が殺された』

そのひと言で足が止まった。

『現場は半蔵門駅5番出口。志木がもう向かっている』

既に自宅マンションの影が見えているが、行かない訳にはいかない。

「了解。わたしも現場に向かいます」

電話を切ると同時に今来た道を引き返す。

まさか二人目の犠牲者が出るとは。

俄《にわか》に鼓動が速まり、呼吸が浅くなる。

事件が新たな展開を迎える衝撃と緊張が疲労に重なる。これで午前様は決定、重い足を叱咤しながら瑠衣は現場へと急ぐ。

指定された現場は駆けつけた警官たちで人だかりができていた。出口付近に設営されたブルーシートのテントは早くも検視が開始されたことを物語っている。

5番出口に立つと、鑑識係たちが階段に鈴なりに並んでいる。見下ろせばいくつかの段鼻《だんばな》に血痕が付着している。死体はテントの中に違いない。

テントを潜ると、果たして志木をはじめとして数人の捜査員、加えて御厨《みくりや》検視官の姿が認められた。

いや、もう二人いた。

御厨検視官の足元に横たわる死体と、死体の傍らで蹲《うずくま》っている女性だ。

「あなたっ、あなたあっ」

年恰好から推して被害者の妻なのだろう。腰を落としたまま顔を覆って号泣している。

「どうして、どうしてあなたが」

剝き出しの感情に触発されるせいか、死体に慣れていても愁嘆場にはなかなか慣れない。捜査員が背後から押さえていなければ亡骸《なきがら》に取り縋《すが》っているところだろう。仮に検視が終わっていたとしても、遺体の体表面や着衣に犯人の残留物が付着している可能性があるため、肉親であっても司法解剖が済むまでは触れさせることができない。

狭いテントの中でしばらく嗚咽《おえつ》が続き、やがて細くなる。やっと泣き止んだところで捜査員の一人が彼女をテントの外に連れ出した。

「被害者の持っていたスマホで奥さんと連絡が取れた」

志木は彼女の後ろ姿を目で追いながら説明する。

「被害者宅は駅から徒歩圏内だったから、彼女はすぐに駆けつけてきた。検視が終わった後でよかった」

「階段に血痕が残っていました」

「見るか」

遺体を見る。それが犯罪捜査の出発点だ。瑠衣は合掌した後、被害者の全身を見下ろす。後頭部に血溜まりがあり、顔面にも夥《おびただ》しい打撲痕が散見される。

「所見を聞きたいか」

御厨の言葉に、瑠衣は一度頷いてみせる。

「血痕は十一段目の段鼻から、その下の数段に亘《わた》って付着している。被害者の身長から考えて、最上段から後ろ向きに転落していったものと思われる。床に激突するまでに頭部以外にも打撲を受けているが、致命傷は後頭部の打撲によるものだ。頭蓋骨骨折、直接の死因は脳挫傷。死亡推定時刻は午後十時から発見時の十一時四十五分にかけて」

まだ地下鉄の利用客が行き来する時間帯なので、死亡推定時刻は目撃証言によって狭められるに相違ない。

「突き落とされたのでしょうか」

「特に争った形跡はないが、被害者の血液からアルコールは検出されていない。素面《しらふ》だったのなら、その可能性は否定できない。詳細は司法解剖を待つんだな。さっき奥さんからも承諾をもらった」

必要最低限を説明し終えると、御厨もテントの外に出ていく。相変わらず仕事の早い検視官だと瑠衣は感心する。

「改めて言うが被害者は須貝謙治《すがいけんじ》五十二歳、ヤマジ建設経理課長。自宅は一番町」

訊かれるより先に志木が状況を教えてくれた。

「死体の第一発見者は帰宅途中のOLだ。この近くにある出版社の社員で、改札口に下りる途中で死体を発見した。時刻は午後十一時四十五分。目撃者がいたのかいなかったのか、現在防犯カメラのデータを集めているが設置の場所が惜しい」

「出口付近には設置されていないんですね」

「そうだ。だが改札口付近にはきっちり設置してある。被害者を追ってきたのなら当然そいつの姿も捉えているはずだ」

「目撃証言は」

「時間が時間だからな。死体発見者のOLも、付近に他の人間は見当たらなかったと証言している」

渋谷方面への最終が零時三十分だから、死体発見時に乗降客が少なかったのも当然だろう。同時刻に乗降する客を片っ端から捕まえて目撃の有無を確かめるより他になさそうだ。

「地取りは深夜帯になるからシフトを考えた方がいいですね」

「地取りも悩ましいが、もっと悩ましいのは鑑取りだ。ヤマジ建設の社員、それも課長職の人間が相次いで殺された。これで殺害の動機は二人のプライベートじゃなく、勤め先にある可能性が濃厚になってきた」

「容疑者が絞れるから、いい徴候じゃありませんか」

「自分が言ったことを忘れたか。本体だけで千人超、関連企業を加えれば従業員三千人を超える中堅ゼネコンなんだろ。容疑者の範囲が千人単位になったって意味だぞ」

確かに交友関係が千人を超える人間はあまりいない。被害者同士の共通点がむしろ捜査の進捗を遅らせるという事態が想定される。

それよりも深刻なのは、誠也の関わり方が問題になることだった。殺人の動機がヤマジ建設絡みとなれば、誠也も容疑者の一人に数えざるを得ない。

思わず瑠衣は頭を振る。

冗談じゃない。

あの父親が容疑者の一人だと。

「今後、ヤマジ建設へ出入りする回数は嫌でも増える。真剣に春原の親父さんの口利きが必要になるかもな」

瑠衣の葛藤を知ってか知らずか、志木はひどく事務的に言う。

「関係者が二人も続けて被害者になったのなら問答無用で訊き込みできますよ。ウチの父親に口利きしてもらうまでもありません」

虚勢を張るのが精一杯だった。

結局、瑠衣たちは鑑識係が作業を終えるまで現場に留まるしかない。その間、駅員とともに駅事務室で防犯カメラの映像を確認する。

「さすがに二十三時台になるとお客さんの数は覿面《てきめん》に少なくなります。ほとんどがいつもの顔ですよ」

まさか乗降客全員の顔を覚えているのかと二人で驚いた。

「全員じゃありませんけど、どうしても勤め人のお客さんは乗降の時間帯が決まっちゃいますから。夜勤の駅員はちょっとした仲間意識があるんですよ」

駅事務室のモニターで映像を流していると、タイムコードが23：43を表示した瞬間、カメラの前を須貝が横切った。

「ああ、このお客さんもお馴染みです。時間から考えて二十三時四十四分発の押上《おしあげ》行きに乗っていたんですね」

この直後に犯人が改札を通過するはずだ。瑠衣は目を皿のようにして映像を追う。しかし後続する人影はなく、二分後に現れたのは今しも隣でモニターに見入っている駅員だった。

「ああ、これはわたしです。女性の悲鳴が聞こえたので、改札を出て駆けつけたんですよ」

「犯人らしき人物が映っていない。容疑者は改札を通っていないのか」

志木は茫然として呟く。だが瑠衣は別の可能性に気づく。

「志木さん、死体発見者の彼女が犯人という可能性もあります」

「事情聴取の際、彼女の身分証を確認した。連絡先も控えている。彼女が犯人なら話は簡単だ。犯人が第一発見者を装うのもよくある話だ。しかし、そんな単純な話だと思うか」

「あくまでも可能性の話です」

「可能性の話だとしても希薄だ。いいか、彼女が犯人だとすると、須貝が改札を通る時間を把握した上、5番出口で待ち伏せしなきゃならない理屈になる。全否定する訳じゃないが無理筋だ」

志木は駅員に向き直る。

「この時間、5番出口付近の人通りはどんな具合ですか」

「駅周辺には飲食店が集中していますからね。乗降客はともかく、人通りは結構ありますよ」

人通りのある場所で待ち伏せをすれば当然人目につく。計画的犯行を企てる人間なら、およそそんな危ない橋は渡らない。

「もし待ち伏せするのなら出口付近よりは地下通路の方が都合いいでしょうね。1、2、3a、3b、6番出口が逆方向にありますが、通路が長い割に通る人が少ないので人目につきにくいです」

「通路に防犯カメラはありますか」

「一台だけは。3番出口と6番出口の中間に設置してあります」

「見せてください」

志木の求めに応じて、駅員は別のカメラの映像に切り替える。時間帯は二十二時から二十三時四十五分を範囲とした。だが一時間余に流れた映像には行き来する者の姿はあっても、一カ所に留まっている者は皆無だった。

「待ち伏せしたとなると、このカメラの撮影範囲外に潜んでいたことになりますねえ」

いずれにしても死体の第一発見者に再度事情聴取をする必要が生じた。仕事は山積する一方で、瑠衣は睡眠時間の確保に悩まされる羽目となった。


捜査本部で仮眠をとった後、志木と瑠衣は件《くだん》の第一発見者を訪ねることにした。訪問先は一番町にあり、瑠衣もよく知るファッション雑誌を主軸にしている新興の出版社だった。

「あの場に居合わせたのも何かの縁だと思いますので、捜査には協力したいと思います」

大久保《おおくぼ》という女性社員は昨夜の光景を思い出したのか、眉の辺りに悲愴さを漂わせていた。二度目の事情聴取なら相手を替えた方が効果的なので、今日は瑠衣が質問役に回る。

「亡くなった男性を以前にも見かけたことはありませんか」

「いいえ」

即答だったが、嘘を吐いているようには見えない。

「もう一度、当時の状況をお聞かせください」

大久保はちらりと志木を見る。同じ証言をもう一度するのかと言いたげな顔だった。

「帰宅途中で渋谷行きに乗ろうとして、階段を下りたところで男の人が倒れているのを見つけたんです。頭から沢山血を流していたので、大声で人を呼んだんです」

「その前後で怪しい人物を見かけませんでしたか」

「特に気づきませんでした。わたしも急いでいたので」

「いつも、あんなに遅くなるのですか」

「日によって、ですかね」

大久保は自嘲するように笑ってみせる。

「編集の仕事をしていると大抵、あんな時間になっちゃいます。相手のライターさんたちが不規則な生活をしているから、原稿を待っているとどうしても遅くなって。でも帰れるだけまだましですよ。校了近くになってくると仮眠室で寝泊まりしていますからね」

聞いていると刑事の仕事ぶりと似通った部分があり、つい共感を覚えてしまう。

「亡くなった方はヤマジ建設に勤めていました」

「中堅ゼネコンですよね」

「おたくの雑誌で扱ったことはありますか」

「さあ、どうでしょう。ウチはファッション雑誌主体で建設関係を扱うことはないんですけど……以前は裏カルチャーのムック本を出していましたけど最近はさっぱりですから。すみません」

目ぼしい情報を提供できていないのは本人も自覚しているのだろう。大久保は申し訳なさそうに身を縮こまらせる。

「人が争う声とかも聞いていませんか」

「5番出口は交差点の間近ということもあってあまり静かじゃないんですよね。だから多少の人声もクルマの走行音に紛れてしまって……あ」

不意に大久保は素っ頓狂な声を上げた。

「どうかしましたか」

「何でだろ。今になって思い出したんですけど、わたしが駅に向かっている最中、向こう側から走ってくる人とすれ違ったんです。駅に向かって急いでいるのなら分かるんですけど方向が逆なので、あれっと思ったんです」

瑠衣は思わず志木と顔を見合わせる。

「どんな人物でしたか。性別は、顔は、年恰好は」

「暗がりでパンツ姿だったので性別も年齢も分かりません。背丈はわたしと同じくらいなので中肉中背かな。とにかく黒っぽい色のシャツとパンツでしたね」


大久保の証言を報告書にまとめ、二日ぶりに帰路に就いた。正味の睡眠時間は本部で仮眠をとった三時間のみで、集中力は途切れ身体が鉛のように重い。自宅マンションに到着したのは午後五時過ぎだった。

そんな早い時刻にも拘わらず誠也が待っていた。

「今度は経理の須貝が殺されたそうだな」

挨拶もなく、単刀直入な言葉が頭に響いた。

「早いな。もう新聞に出ていたの」

「ネットニュースで見た。記事には駅の階段で発見されたとしか書かれていない。いったい、どんな風に殺されたんだ」

「後にしてちょうだい」

つい険のある言葉になる。

「疲れてるのよ。あまり寝てないのよ。人が不足してるのよ」

最後の台詞は愚痴でしかない。だが父親は愚痴を黙って聞いてくれる数少ない身内だった。

「他の刑事は別の大事件に振り回されているから、実質稼働しているのはわたしと志木さんだけで、それも通り魔事件みたいなものだから手掛かりも利害関係人も乏しくて、いつもの十倍くらい苦労してるのっ」

瑠衣が腹立ち紛れに大声を上げても、誠也は眉一つ動かさずに娘を見ている。その態度がまた癪に障る。

「相棒や班長にも言われたよ。ヤマジ建設は何か人に恨まれることをやったんじゃないかって。わたしに訊かれたって答えようがない。お父さんに代わりに答えてほしいくらい」

「ヤマジ建設はちゃんとした会社だ」

誠也の口調は決して乱れない。

「ちゃんとした会社だから長年世話になっている。お前を育てられたのもヤマジ建設に勤めていたからだ」

「だからわたしもお父さんの会社に感謝しなきゃならないの」

そろそろ自分の発言が支離滅裂になりつつあるのを自覚していながら感情の奔流を止めることができない。

「関係者が続けざまに殺害されたことで、動機は会社にあると思われる。言いたかないけどお父さんの会社、心証真っ黒だよ」

「警察がウチの会社にどんな心証を抱いているのかは知らんが、顧客の信頼は得ている。受注が途絶えたことはない。このマンションだってそうだ」

誠也は床を指差した。

「このマンションも俺たちが建てた」

瑠衣の記憶が甦る。

まだ瑠衣が小学生だった頃、誠也が誇らしげに言った台詞がある。

建築屋は地図に残る仕事をしているんだ。

普段は自らを誇らない誠也の言葉だったので尚更新鮮に聞こえた。あの言葉が今は弁解じみたものに思えるのが腹立たしい。

「須貝はどんな風に殺されたんだ」

「お父さん、その須貝って人と特別親しかったの。歳が違うから藤巻さんみたく同期じゃないよね」

「同じ役職というだけだ」

「それなら、頼むからもう寝かせてよ。シャワーも浴びたいし、頭も碌《ろく》に働かない」

「そうか」

瑠衣の言葉が刺々しかったせいか、誠也はそれ以上食い下がることもなく口を閉じた。だが瑠衣が落ち着きを見せれば、話を再開させようとするのは目に見えている。

以前であれば母親が仲裁に入ってくれたお蔭で父娘の口論は決裂まで至らずに済んだ。母親が逝った後は瑠衣が精神的に成長したので口論すること自体がなくなった。

しかし今回はいささか勝手が違う。感情の行き違いがあるにせよ、お互いの仕事のプライドと立場が基底にある。笑って済ませられることではない。公私混同は避けようと思っていたが、瑠衣の思惑を無視して事態の流れが否応なく公私の境界線を破ろうとしている。

　せめて父親は事件に無関係であってくれと祈った。

4

　ひと晩ぐっすり眠ると、昨夜までの疲れがずいぶん取れていた。いつだったか誠也が、『若いというだけで大変な財産なんだ』と言ったのを思い出す。

　誠也は既に出社したらしく、キッチンのテーブルには瑠衣の分の朝食が置かれていた。いつもより早い出勤の理由をあれこれ考えてみたが、どれもあまり愉快ではない推論になるので途中でやめた。せめて食事どきくらいは事件から離れていたい。

　食べている最中、須貝の事件について続報が出ているのか気になったが、食事中に携帯端末を弄《いじ》るつもりはない。幼少期、誠也から『作ってくれた者に失礼だろう』と散々マナーを叩き込まれたのだ。お蔭でファストフードの店でも一人で黙々と食べる癖がついた。礼香に言わせると、傍目には欠食児童のように映るらしい。

　登庁すると、待っていたのは須貝宅への訪問だった。遺族からの聴取は早々に済ませておきたいところだったが、死体と対面させられた際の取り乱しようを考えれば日を置いて訪ねるのが得策だろう。

志木とともに一番町にある須貝宅へと向かう。

「須貝さん夫婦は年の差婚みたいだな」

志木はハンドルを握りながら話し始める。

「二十も歳の離れた奥さんで、まだ子どもはいない」

一から六までの番号を振られた番町は日本最初の高級住宅地と言われ、過去には滝廉太郎や与謝野晶子、島崎藤村らが住んでいた文化人ゆかりの地だ。移転してきた各国大使館の荘厳な洋風建築が並び、さながら文化の交差点といった風情がある。集合住宅も周辺環境に合わせて瀟洒《しょうしゃ》な佇まいのものが多く、須貝の住まいもそうしたマンションの一室だった。

報告によれば司法解剖は終わったものの、遺体が無言の帰宅をするのは本日午後の予定となっている。遺族への聴取はそれまでに済ませた方がいい。

インターフォンで来意を告げると、応対に出た妻の十和子《とわこ》は意外そうな反応を見せた。どうやら遺体の到着と早合点したらしい。

「ご遺体は午後にお返しできます。その前にご主人についてお伺いしたいことがあります」

十和子は気が進まない様子だったが、二人を客間に通してくれた。

歳の差婚と言われればなるほどと思える。一昨日は泣き叫ぶさましか見なかったが、こうして正面に座ると瑠衣とさほど年が離れていないのが分かる。

「須貝の何をお話しすればいいんですか」

十和子への質問は瑠衣が主体で行うよう事前に決めていた。夫を亡くした直後だから同性の方が話しやすいだろうという配慮だ。

「現在、警察は事故と事件の両面から捜査を進めています。事件の場合、ご主人は金品を盗られた形跡もないことから怨恨の線も考えられます」

「須貝が誰かから恨まれていたと言うんですか」

　十和子の顔がわずかに険しくなる。

「他人に優しい人でした。恨まれるなんて思いもよりません」

「ご本人の性格に関係なく、とばっちりや逆恨みの対象にされることも有り得ます。須貝さんは会社での出来事を奥さんに話したりするんですか」

　質問は須貝個人の人間関係を尋ねるものだが、もちろん藤巻との間柄を確認する意図も含んでいる。

「須貝は経理の仕事をしていました。わたしには会社の決算を担当している部門としか説明してくれませんでした。経理の内容は会社の機密事項に関わることが多いので、家で仕事の話をするのは避けていました。さすがに上司の名前くらいは聞いていますけど」

「同僚や同期の話題はどうですか」

「あまり話しませんでした。会社と家庭を完全に切り離していました。でも疲れたり機嫌が悪かった記憶がないので、そうそう仕事で嫌なことがあったとは思えません。さっきも言いましたけど須貝は優しくて、気が弱くて、俺が俺がというタイプじゃありませんでした。そんな人間に敵がいる訳ないじゃないですか」

「男女関係の縺《もつ》れというのはどうですか。奥さんはとてもお若いようですから」

　十和子は少し驚いたように目を見開く。

「須貝かわたしが浮気をしていたというんですか」

「たとえばの話です」

「それも有り得ません。須貝はわたしにぞっこんだったし、わたしも須貝以外の伴侶なんて考えもしませんから」

刑事を相手に惚気かと思ったが、夫を亡くした今だからこそかもしれない。

「二十も歳が離れていると、須貝の親戚筋からは結構ひどいことを言われました。須貝は別に資産家でも何でもないんですけどね。お互い好きになったら、そんなもの関係ありません。須貝も、世間の声よりお前の声を聞きたいと言ってくれましたし」

「では藤巻亮二という名前を聞いたことはありませんか」

「それ、誰ですか」

「先日亡くなった、ご主人と同じくヤマジ建設の課長です」

「須貝の口からは聞いたことがありません」

十和子はずいぶんと憔悴《しょうすい》しており、目にも言葉にも力がない。嘘や誤魔化しを喋っているようにも見えず、瑠衣も疑うべき点を見出せない。

「ヤマジ建設の課長が相次いで、しかも疑念の残るかたちで亡くなっているんです。警察では藤巻さんと須貝さんの間に何かしらの共通点があるのではないかと考えています」

「じゃあ須貝は誰かに殺された可能性が大きいんですね」

しばらくの間、十和子は俯《うつむ》き加減のまま記憶をまさぐっているようだったが、やがてゆるゆると首を横に振った。

「本当に何も知らないんです。お役に立てなくてごめんなさい。警察が須貝を殺した犯人を捕まえようとしてくれているのに。今はちょっと頭が整理できないんです」

十和子は辛そうな顔をして、手をそっと腹に当てる。

その仕草で分かった。

「赤ちゃんですか」

「ええ」

十和子は切なげに笑った。

「この四月にようやく子どもを授かりました」

妊娠二カ月といえば一番流産しやすい時期だ。そんな時、夫に先立たれて母体に悪影響を及ぼさないだろうかと瑠衣は心配になる。

「歳がいってからの子どもは尚更に可愛いと聞きましたけど、須貝がちょうどそんな感じでした。わたしの妊娠が分かると、ちょっと引くくらいに喜んでくれて……」

十和子の声は途切れがちになり、すぐに嗚咽となった。遺体と対面した時は泣き喚《わめ》くばかりだったが、こうして声を殺して泣かれる方が見ていて辛くなる。瑠衣と志木は彼女が泣き終えるまで、じっと待つしかない。

ひとしきり泣いた後、十和子は腹に手を当てたまま、瑠衣たちに訴える。

「あまり協力ができずにごめんなさい。でも、須貝が殺されたのだとしたら、必ず犯人は捕まえてください。わたしと、生まれてくるこの子のために」

胸が潰れる思いがした。自分が母親を失くしたのは成人後だが、この子は生まれた時点で既に片親なのだ。

須貝家にどれほどの貯えがあるのか、それぞれの実家に経済的余裕があるのかは知る由もない。だが乳呑み児を抱えた上で一家の大黒柱を失えば、降りかかるであろう辛苦は瑠衣にも容易に想像できる。

だが自分は生活保護の窓口ではなく、社会福祉協議会の相談員でもない。警察官にできることは犯人逮捕と犯罪の予防だけだ。

「元よりそれが仕事です。犯人逮捕のあかつきには必ずご報告に上がりますので、今は体調管理に専念してください。きっと須貝さんもそう願っているはずです」


捜査一課で目覚ましい活躍をしている訳でもない自分が被害者遺族の前で犯人逮捕を約束するなど虚勢か傲慢でしかない。だが悲しみに打ちひしがれる十和子を前にして、他に何を言えるだろうか。

自己嫌悪に燻《くすぶ》っていると、運転席の志木が横目でこちらの様子を窺っていた。

「わたしの顔に何かついてますか」

てっきり十和子の前で大見得を切ったことを憐れまれているのかと思ったが、志木の心配は別のところにあった。

「次の行き先はヤマジ建設だが、本当にいいのか。親父さんの会社だろ」

「父親は土木課でオフィスにいるよりは現場に出ている方が多いと聞いています」

「いや、事情聴取先で鉢合わせする云々の話じゃない。職務とはいえ実の娘が職場に乗り込んでくるんだ。課長職にある親父さんにすれば気まずいんじゃないのか」

　今までその発想はなかったので意表を突かれた。よく言えば鷹揚、悪く言えば大雑把な志木がここまで細やかな配慮を見せている。

「子どもの職場参観ってあるじゃないですか。あれと同じだと思えば」

「ちょっと違うと思うぞ」

「同じ会社から不審死が二人も出ているんです。娘が捜査一課に配属されているんだから、事件が発生している時点で覚悟していますよ」

　ヤマジ建設の本社は渋谷区宇田川町にある。若者の街らしくパルコやロフトといった大型小売店と小洒落た飲食店が軒を並べているが、一方でオフィスビルなど商業機能の集積も目立つ。ヤマジ建設本社もそうしたうちの一つだった。

　既にアポイントは取っているが、聴取相手が誰になるのかは先方から告げられていない。本社には千人超の従業員が勤めているが、可能であれば藤巻亮二と須貝謙治両名を知る者から話を聞きたい。一階受付で来意を告げると応接室に案内された。

　応接室は受付のすぐ傍にある。来客に親切な配置だが、反面、視界に執務スペースが入って情報漏洩しないための工夫とも言える。

　建設会社だからということもないだろうが、応接室は社長室と見紛うほどに豪奢《ごうしゃ》な造りだった。天井が高く、壁の一面は全面窓。他三面はモダンなパッチワーク仕上げ。二人掛けのソファは角の取れた仕様で、座っているとそのまま寝入ってしまいそうになるほど心地いい。

「さっきフロアの案内板を目にしたんだが、ワンフロアにそれぞれ一つ部が割り当てられている。

本社には二十四の部がある」

自分の父親が土木課という事実しか知らなかった瑠衣は少し恥ずかしくなる。

「心理的にフロアが別だと違う部や課同士が顔を合わせることがないから交流が少なくなる」

「それがどうかしましたか」

「横の関係が希薄になると社員の総意が醸成されにくくなる。何かの本で読んだが、労働組合の力が弱い会社の共通点らしい」

志木は右手に摑んでいたパンフレットを取り出した。受付で来意を告げる前、ラックに挟んであった会社案内を一冊抜いていたのだ。

「どうして、そんなものを」

「これから話を聞く相手だ。世間に喧伝している自己紹介も知っていて損はないだろう。ああ、お前だったら内容は把握しているか」

「いえ、ほとんど知りません」

「まあ、普通親父さんの勤めている会社でも娘が詳しく知らないのは当たり前か」

志木から手渡されたパンフレットを開くと、最初のページに現会長である山路領平《やまじりようへい》の言葉が載っている。

『一九四八年の創業以来、ヤマジ建設は日本の戦後復興、経済成長、グローバル化といった社会の変化とともに数多くのプロジェクトを手掛けてまいりました。その成果は街の風景の一部となり、街の財産にもなっております。これは建設を生業《なりわい》とする者共通の誇りでもあります。

また安全・安心かつ先進的なダム建設は大規模な自然災害からの復旧・復興、さらに国土強靭化にも貢献することで建設業としての社会的責任を果たしてまいりました。

これからも持続的な成長と企業価値の向上を図っていくとともに、お客様をはじめステークホルダーの皆様へより多くの価値と満足と感動をお届けするため、自然と調和した、次世代の夢と希望に溢れた社会づくりに取り組んでいく所存であります』

次のページには役員の名前がずらりと並んでいる。会長以下八人の役員のうち五人までが山路姓だった。

「これを見る限り典型的な同族会社だな。会長をはじめ主要なポストは山路一族で占められている。代表取締役社長の市川《いちかわ》ってのは、おそらくメインバンクか省庁からの天下りだろうな」

「詳しいですね」

「これも同族会社の特徴だ。外部からの批判を避けるために、取締役社長は外部から持ってくる。実務経験のないド素人だから役員にも現場にも口出しできない。そのくせ何かトラブルやスキャンダルがあれば、いの一番のハラキリ要員。と言うか責任取らされるために給料もらっているような立場なんだろうな。で、外様にハラを切らせて同族たちは安泰という寸法さ」

程なくして現れたのは痩せぎすで細面の男だった。

「はじめまして。妻池《つまいけ》と申します」

差し出された名刺には『秘書課　妻池東司《とうじ》』とある。

「警視庁刑事部捜査一課の志木です。こちらは春原」

父親の勤め先という事情もあり、ここでの質問は志木がする手筈になっている。

「妻池さんもどなたかの秘書をされているんですね」

「はい。役員に一人ずつ秘書がついていますが、わたしは会長つきです」

「電話でお話ししたように、我々は藤巻亮二さんと須貝謙治さんについてお訊きしたいことがあります。お二人をよく知る人物に会いたいのですが」

「だからわたしが呼ばれました」

妻池は自信ありげに口元を綻《ほころ》ばせる。

「秘書課というのは会社全体を俯瞰《ふかん》している唯一の部署です。それぞれの課の内情はもちろん、役職者の賞罰や人となりも把握しております。事情聴取にはうってつけかと存じますが」

「藤巻さんと須貝さんもですか」

「わたし自身が個人的に何度かお話をしています。お二人の死については残念極まるとしか申し上げられません。ヤマジ建設にとっては甚大なる人的損害ですよ」

「個人的にご存じなら確かにうってつけかもしれませんね。しかしその前に、御社から続けて二人もの被害者が出たことについて何か思い当たることはありませんか」

「ご質問の趣旨がよく分からないのですが」

「日を置かず、同じ会社の課長職が相次いで亡くなった。しかも二人とも事故とは断言できない不審死です」

「手前どもが存じ上げているのは、藤巻課長はトラックに轢かれ、須貝課長は駅の階段から転落したという新聞報道くらいです。詳細をお教えいただければ、より具体的な情報を提供できるかもしれません」

詳細と言われても、関係者に開示できる情報は新聞報道の域を出ない。

「まだ初動捜査の段階ですし、捜査情報なのでなかなか難しいですね。今しがた、藤巻さんも須貝さんも個人的にお話しされたことがあると仰いましたが、たとえば一緒に呑みに行くとかの間柄だったんですか」

「いえいえ、そこまで親密という訳ではありませんでした」

妻池は申し訳なさそうに首を横に振る。

「わたくしども秘書課の人間はそれぞれの役員のスケジュールの管理、資料の整理から冠婚葬祭の対応までこなさなければなりません。役員の手足となって情報収集に走ることも少なくないのですが、役員抜きで酒席をともにすることはありませんね。そもそも他部署からは完全に独立している部署ですからね。一対一で呑みに出掛けたら、却《かえ》って問題にされかねません」

「割と窮屈なんですね」

「昨今、建設業界というのは他の業種よりも透明性と潔癖さを求められるのですよ。昭和から平成にかけてゼネコン大手が関与したスキャンダルが頻発して、世間の目が一層厳しくなった背景があります。窮屈なくらいでちょうどいいんです」

どこか自虐的な物言いは、品行方正を義務づけられたやんちゃ坊主のように聞こえる。

「では妻池さんの知り得る限りでお話しください。二人が連続して亡くなった事実について、ヤマジ建設が何か関連しているんですか」

「わたしとしましては単なる偶然の一致としか申し上げようがありません。そもそも藤巻課長と須貝課長との間に個人的な交流があったかどうかさえ、わたしは聞き及んでいません」

「しかし妻池さん。わずか半月の間に同じ会社、同じビルに勤める、ともに課長職の人間が相次いで亡くなるというのは、偶然の一致にしてもとんでもない確率だと思いますよ」

「とんでもない確率だから偶然という言い方もできます」

志木の追及を妻池は余裕で返してみせる。代表取締役会長の秘書ともなれば政財界を生き抜いた海千山千から面会を求められることも多いだろうし、何よりも経済紙をはじめとしたマスコミへの対応も迫られるに違いない。防波堤となる秘書にも相応の折衝力が要求される。妻池の切り返しはそうした能力の一端のように思える。

「では妻池さん。仮に偶然の一致として、お二人が殺されなくてはならない理由に何か思い当たりますか」

「個人的な恨み辛みが動機なら、尚更思い浮かびません。わたしの知る限り、藤巻課長も須貝課長も人の恨みからは一番遠い場所にいましたから」

「具体的な根拠があるのならお話しください」

「藤巻課長はとにかく真面目な方でした。資材課という部署はどうしても仕入れ先とのパイプを強固にしておく必要があり、業者との接待が半ば慣例化する傾向にあります。しかし藤巻課長はそうした接待に招かれた場でも先方と決してなあなあの間柄にならず、常に一線を引いていました。過分な饗応や癒着が結果的には我が身や会社にとって害毒になることをご存じだったからです。会計の時、割り勘を言い出して先方を困惑させたエピソードは有名ですよ」

「接待まで割り勘というのは徹底していますね。しかし真面目一辺倒な人間は、そうでない人間から煙たがられはしませんか」

「少なくとも、本人が真面目だからという理由で殺された人はいないんじゃないでしょうか」

これは妻池の理屈に分がある。志木は不承不承に頷いた。真面目一辺倒という人物評は以前にも聞いている。これでは古い情報の補完材料にしかならない。

「社内に敵はいなかったんですね」

「資材課は必要な資材を適価で調達してくれる、我が社にはなくてはならない部署です。本人にそのつもりはなかったでしょうが、我が社の事業計画を左右しかねない部署の長です。彼に敵対するのはヤマジ建設に敵対するのと同義ですからね。そんな身の程知らずはいませんよ」

「須貝さんはどうですか」

「須貝課長は入社当時からずっと経理畑を歩いてこられた人でした。つまり生え抜きですね。現行の経理マニュアルは須貝課長が作成したもので、経費を使っている社員は例外なく彼を恐れていました。社員の事情なんかまるで無視してマニュアル適用外の経費は全て撥ねていましたから。口さがない連中は〈呼吸する経理マニュアル〉と呼んでいたくらいです」

「人間的にはどうだったんですか」

「優しくて気弱な人でした。経理に関しては社長相手でも一歩も退かない人が、それ以外では新人の女の子にすら遠慮がちで。強気に出られると反論もしどろもどろだったと聞きます。きっと経理に厳しい反動だったんでしょうけど、あんな気弱な性格でよく課長職を務めていられると、会長は感心しきりでした」

「敵はいなかったんですか」

「ある意味、経理課というのは社内でも最強の部署ですからね。仕事の面で敵対しようなんて度胸のある者はいませんよ。仕事を抜きにしても、あんな優しい人間の何を憎めというのか。警察が他殺を疑うのも理解できない訳じゃありませんが、彼を知る者にしてみれば出来の悪い刑事ドラマですよ」

「藤巻さんも須貝さんも、およそ殺される動機がない。それなら妻池さんは二人の死をどう解釈するんですか」

「最初に申し上げた通り偶然の一致ですよ。藤巻課長は人混みに押されて車道に飛び出してしまった。須貝課長は酔っ払いか何かに突き飛ばされて階段から転落した。二人とも不幸な事故だった。善人には似つかわしくない、受け容れがたい悲劇だった。わたしはそう思っています」

妻池は志木を正面から見据える。まるで警察が事件として捜査することは死んだ二人への冒瀆になるとでも言いたげな視線だった。

「ですが、万に一つでも二人が殺害されたのだとしたら、我々ヤマジ建設関係者は警察への協力を惜しむものではありません。わたしを通していただければ資材課にも経理課にも聴取に応じるよう伝えておきます」

決して偉丈夫ではないが、妻池の言葉はこちらを威圧する。質問慣れしている志木も勝手が違ってやりにくそうだった。

「その際はご協力願います」

そう締めるのが精一杯のように見えた。

初回訪問はこんなものかと諦め半分で立ち上がりかけた時、不意に妻池は瑠衣に視線を向けてきた。

「ところであなた、春原さんと言われましたよね」

「はい」

「ひょっとして土木課長のご息女ではありませんか」

特に素性を秘するつもりはなかったが、いざ指摘されてみると居心地悪かった。

「そうですけど」

「やっぱり。珍しいお名前だし、春原課長の娘さんは刑事さんだと聞いたことがありましてね。まさか捜査のお仕事でお目にかかるとは想像もしていませんでした」

妻池は口調を一変させ、親しげに笑いかけてくる。社交辞令であるのは承知の上だが、如才ない対応はさすがとしか言いようがない。

「わたしが警察官であることを父が吹聴したんですか」

「吹聴だなんて、そんなことはありません。春原課長と世間話をしている時、お互いの子どもの就活に話が及びましてね。それを憶えていたんですよ」

瑠衣が採用試験に合格したのはもう数年前のことだ。それを忘れずに憶えていたというのなら、相当に記憶力がいい。

「警察の捜査に協力するのは当然ですが、あなたが担当してくださるのなら大歓迎ですよ。ご指名してもらえばいつでもお会いします」

別れ際になっても妻池は友好的な態度を堅持し、瑠衣たちを見送った。だが本社ビルを出るや否や、志木はひどく悔しげな顔になった。

「やられたな。すっかり遊ばれた」

「そんな風には見えませんでしたけど」

「妻池との会話を思い出してみろ。相手は捜査協力を惜しまないと何度もアピールしたが、開示した情報は事前に仕入れていた話を補強するものでしかない。真面目な資材課長、生きるマニュアルと恐れられている経理課長。人間的には愛すべき者たちで、およそ他人から憎まれたことがない。のらりくらり逃げられて、結局知り得た情報は会社案内よりも意味のない内容だった」

来る前に職場参観に喩えたのを思い出した。自分で言った通りだ。子どもが親の職場にのこのこ出掛けていき、いいようにあしらわれて追い返されたに等しい。

「妻池は春原を歓迎すると言ったが、却ってお前は顔を出さない方が得策かもしれないな。碌に言葉を交わしていないうちから、もう向こうのペースに乗せられている」

志木の懸念はもっともだと思った。万事にそつがなく、隙一つ見せない相手に勝てる気がしない。

だからこそ担当を降りるつもりは毛頭ない。

妻池に、延《ひ》いてはヤマジ建設に隠し事があるのなら、是が非でも暴いてやりたいと思った。

二　疑心暗鬼

1

六月二十二日、都内の寺院で須貝の葬儀が行われ、瑠衣はまたも敷地外から参列者の姿を目で追いかけていた。

小学校のすぐ傍にあり、聞けば千代田区内では江戸時代から続く唯一の寺らしい。なるほど墓地には途轍《とてつ》もなく古そうな墓石が並び、青銅製と思しき鐘が吊るされている。参列者は藤巻の時よりも少なく五十人ほどしかいないが、斎場の規模を考えれば妥当な人数と思える。

喪主を務める十和子は参列者一人一人に丁寧に応対していたが、母体を考慮してか座ったままの挨拶だった。時折、腹部を気にするように手を当てるのが痛々しくてならない。

藤巻の葬儀に参列した弔問客については、本部に戻ってから仔細に分類したので会社関係者の顔は大体憶えている。今日の参列者もかなりの数がだぶっている。昨日話を聞いた妻池の顔も見える。神妙な表情は真に哀悼からのものなのか、それとも例のそつのなさから拵《こしら》えたものなのかは判然としない。瑠衣としては前者であってほしかった。

そして、やはり誠也の顔もあった。

須貝との個人的な関わりがあるかどうかは本人に訊くしかないが、同じ課長職だから参列は当然なのかもしれない。

問題は十和子に悔やみを告げる際の顔だった。いつもの無愛想なそれではなく、めったに見せることのない切実さが刻まれている。

母親が亡くなった日のことは昨日のように憶えている。病院のベッドの上で痩せ衰え、最後は眠るように息を引き取った。看取った誠也の悲痛な顔は未だに忘れられない。

十和子に見せた切実な顔は、あの時のものに酷似している。まさか須貝の死が、長年連れ添った妻の死と同等というのだろうか。もしそうであるのなら、瑠衣としてはどうしても問い質さなければならない。

その後も会社関係者の弔問が続いたが、一人だけ瑠衣の目を引く人物がいた。

妻池など比較にならないほどに痩せている男だ。なで肩で胸板も薄く、ブラックスーツから棒のような手足が覗いている。スーツを着慣れていないのが丸分かりで、少なくともサラリーマンとは思えない。

瑠衣はすぐに案山子《かかし》を連想した。頬の肉もげっそりと削げ落ち、立ち姿は人によれば幽鬼にさえ見えるかもしれない。

案山子男は十和子と言葉を交わすこともなく、一礼しただけで本堂の中へと消えていった。瑠衣はデジタルカメラを再生して案山子男を捉えたのを確認する。この男は何者で須貝とどんな関係なのか、葬儀を終えた後で十和子に質問しなければならない。

須貝の遺体は最寄りの火葬場で荼毘《だび》に付され、その日の午後には無言の帰宅を果たした。葬儀の直後に訪問するのは気が引けたが、心を鬼にして志木とともに一番町の自宅マンションへと向かう。

「どうぞ、お入りください」

十和子はひどく疲れた様子で二人を招き入れた。参列者に礼を告げ、火葬を済ませ、ようやく亡夫と水入らずになれるのだ。なるべく早く切り上げて退散しようと瑠衣は思う。

急ごしらえの仏壇の下、白い布に包まれた骨壺が置かれている。瑠衣と志木は座して手を合わせる。

改めて十和子と向き合って掛ける言葉に迷った。『ご愁傷様です』はタイミングがずれている。さりとて『お疲れ様でした』ではどこか白々しい響きがある。少し考えて、無難な文言を思いついた。

「お身体、大丈夫でしたか」

「立ち続けているのが辛くて座らせてもらいました……でも気分が悪いのと忙しいせいで碌《ろく》に泣いている暇もありませんでした」

相手が同性という気安さから、十和子は真情らしきものを吐露する。夫の死と悪阻《つわり》、気分が最悪の中で喪主を務めることがどれだけ母体の負担になったか想像するに余りある。

「きっと、これから須貝のいない生活をじわじわ味わっていくんだと思うと、少し怖くなりますね」

言いながら十和子は自分の腹をさする。夫の不在を赤ん坊の存在で埋めるというのは乱暴な理屈だが、せめて十和子の負担を軽減してくれたらと願う。

「今日の葬儀で参列者一人一人に挨拶をされていましたよね。全員で五十人ほどだったと思いますが、みんな知った顔でしたか」

「さすがに親戚筋はすぐに分かりましたけど、会社関係は全然……家に同僚や部下を連れてきたことが一度もありませんでしたから」

「では、この人物はどうでしょうか」

瑠衣は一枚の写真を差し出した。デジタルカメラからプリントアウトした案山子男の横顔だ。望遠で撮影しているが特徴は捉えている。

十和子はしばらく写真を矯《た》めつ眇《すが》めつしていたが、ふと思い出したように呟く。

「ああ、この人、須貝のお友だちだと思います」

「何という人ですか」

「すみません。名前は忘れてしまって。結婚式に須貝の友人として招待されていて、その時に紹介されました。結婚してからは一度も行き来がなかったのですっかりご無沙汰してたんです」

「何とか名前が分かりませんか」

「結婚式の席次表なんてとっくにどこかに仕舞ったままだし、最近は年賀状じまいしているので、思い出す材料もありません。お役に立てず申し訳ないですけど」

言葉とは裏腹に、十和子がそれほどすまなそうではないようにも感じられる。

瑠衣は、十和子の視線が骨壺ではなく己の腹に注がれているのに気がついた。

「葬儀でお疲れのところ、申し訳ありませんでした」

必要なことは訊き出した。この上は当初の目論見通り、速やかに退散するべきだろう。

須貝宅を辞去すると、志木が感慨深げに語り出した。

「強いなあ、あの奥さん。いや、強いのは母親と言うべきかな」

その話題に触れられるのが、何故か居心地悪かった。

「何の話ですか」

「お前さ、俺のこと先輩だと思ってないだろ」

「二年先に配属された先輩だと、ちゃんと認識しています」

「春原《すのはら》、奥さんが骨壺じゃなく自分の腹を見てたの観察していたな。俺も同じく観察していた。もう彼女の関心は死んだ旦那よりも、生まれてくる子どもに移っている」

「それが、十和子さんが強いという理由ですか」

「俺は腹を痛めた経験がないから当てずっぽうなんだが、一種の防衛本能みたいなものじゃないのか。死んだ人間を想ってくよくよするより、生まれてくる子どものことを考えた方が生きる活力が湧く。母体にもいい影響を与える」

「都合のいい理屈です」

実を言えば瑠衣も似た意見だったが、志木に詳細を説明されるのは嫌だった。

「都合いいかもしれないが、精神と肉体を維持するためには真っ当なシステムだと思うぞ。もう彼女は奥さんじゃない。母親になったんだ」

瑠衣は少し呆れていた。

男の考える女性像というのは、どうしてこうも単純なのだろう。葬儀の前後で妻と母親のスイッチが切り替わるなどと、まるでロボットではないか。

十和子は母親になったのではない。必死に母親になろうとしているのだ。無事に出産し育てることが、何より須貝の供養になると信じているからに決まっているではないか。葬儀を終えて尚、十和子は妻と母親の狭間で苦しんでいる。

だが、それよりも引っ掛かるのは案山子男の素性だった。須貝の友人なら葬儀に参列して何の不思議もないのだが、ファインダー越しの横顔が気になって仕方がない。

いったい、あの男は何者なのだろうか。


ヤマジ建設から入手した従業員名簿とデジタルカメラの写真を照合、加えて十和子から聴取した親族情報により、葬儀に参列した者全員の素性が明らかになった。

ただ一人、例の案山子男を除いては。

「しかし夫人は被害者の友人と証言したんだろう」

瑠衣たちの報告を受けた宍戸は案山子男を重要視しなかった。

「結婚式に呼ばれる間柄だから、互いに行き来はなくても新聞で訃報を知って駆けつけた。別に何の不思議もない」

「それはそうかもしれませんが、この人物だけ素性が知れないのが気になります」

「素性が知れないからといって容疑者扱いするには材料が不足している。参列者の中から容疑者を探すのは後回しにしておけ。それよりも藤巻の事件との関連性が先だ」

宍戸は瑠衣の報告を軽く受け流すと、志木へと向き直る。

「二人の間に何か繋がりはあったのか」

「現状、同僚ということ以外、何の共通点も見当たりませんね。藤巻の資材課と須貝の経理課はフロアが別という事情もあって交流が乏しく、藤巻と須貝も個人的に親交があったという証言はありません。ヤマジ建設にはいくつか同好会もあるんですが、二人とも何のグループにも属していないので、ここでも共通点はありません」

「しかし同じ課長職なら役員を交えてゴルフをするとかいろいろな接触があるだろう」

「役員会のゴルフコンペはあっても、課長職の参加はないそうです。仕事にしてもプライベートにしても、ヤマジ建設は徹頭徹尾、同族で固めている印象があります」

「地取りの方は成果があったのか」

「藤巻の事件も須貝の事件も訊き込みは継続しています。しかし犯人を特定できそうな目撃情報はまだ得られていません」

「二つの事件には類似性がある。犯人が通行人を装って犯行に及んでいる点。もう一つは被害者を突き飛ばすという単純な手口だ。単純だから事前準備も道具も必要としない。その場の成り行きと判断で決行できる。原始的だが簡便で実効性がある。逆に言えば計画性がなく特別な道具が要らないから足がつきにくい。物的証拠も残りにくい」

宍戸は喋りながら眉間の皺を深くしていく。

「この場合、捜査の要となるのは防犯カメラを含めた目撃情報だ。それを集めない限り話にもならない」

志木も瑠衣も反論する術がない。犯人の手口が原始的なら、捜査手法も原始的になる。宍戸の指摘はもっともであり、手掛かりは足で稼ぐしかなさそうだった。

だが訊き込みが功を奏するには人が必要だ。藤巻の事件現場である西新橋の交差点と須貝の事件現場である半蔵門駅周辺は人の行き来も交通量も多い。ところが地取りに回せる捜査員は所轄と宍戸班の人間だけだ。少数精鋭と言えば聞こえはいいが、同じ人間に長時間同じ作業を強いることになるので精神的な疲労が蓄積しやすい。芳《かんば》しい情報が得られなければ捜査員のモチベーションが低下する結果にもなりかねない。

それでも瑠衣たちには他にできることがなかった。


帰宅したのは午後十一時過ぎだった。毎夜の帰宅が午前様か日付の変わる寸前というのは年頃の娘としてどうかと思うが、若いうちにしかできない無理という理屈で己を納得させるしかない。ヤマジ建設絡みの事件を解決する前に自分が過労で倒れでもしたら、とんだお笑い種だ。

宍戸は訊き込みの継続を命じたが、瑠衣の関心は別の場所に飛んでいる。言うまでもなく案山子男の素性に関してだ。結婚式に呼ぶほどの友人なら告別式に参加するのは当然という理屈も頷《うなず》けないではないが、それだけでは割り切れない。明確に言語化できないが、あの案山子男には一種の不穏さが漂っている。だが宍戸に告げたところで気の迷いと一蹴されるのは分かりきっている。だから指示通り、今日も半蔵門駅の周辺で手当たり次第に通行人を捕まえ、目撃情報を浚《さら》い続けた。

とにかく、もう一歩も歩きたくない。風呂で汗を流し化粧を落としたら、泥のように眠りたい。

「ただいま」

声が出たのは半ば惰性からだった。さっきまで通行人を捕まえては同じ質問を繰り返していたので、これ以上はひと言も喋りたくない。舌の根が乾くという言い回しがあるが、今の瑠衣がちょうどそんな状態だった。口中の粘膜が固まったような感覚で、舌が思うように動かない。両脚も棒のようになっており、今屈伸しろと言われても、きっと無視する。

ローファーを脱ぎ散らかし、廊下を歩く。誠也は着替えて寛いでいるに違いない。

だがリビングのソファに座る誠也を見て驚いた。

誠也は着替えてもいなかった。そればかりか左の頬に青痣《あおあざ》を拵え、眉の辺りを大きく腫らしている。お蔭で左目はまともに目蓋が開いていない。

「おかえり」

「おかえりじゃないよ。どうしたのよ、その怪我」

「何でもない」

「なんでもなくて、どうしてそんな顔になるのよ。どう見たって殴られた痕じゃないの」

見る限り薬も塗っていなければ絆創膏も貼っていない。それまでの疲労はどこかに吹っ飛び、瑠衣は納戸に駆け出した。最後に蓋を開けたのはいつだったのか憶えていない救急箱から軟膏と絆創膏を取り出し、誠也の許に戻った。

「お父さん、じっとしてて」

「大袈裟だ」

「こんな怪我、今までしたことないじゃない。大袈裟かどうかも分かんないわよ」

外傷部分を消毒してから軟膏を塗る。誠也は眉一つ動かさない。

「お父さん、今日は須貝さんの葬式に行ってたよね。この怪我、どこで誰に殴られたのよ」

「殴られた訳じゃない」

「まさか道端で転んだとか寒い言い訳しないでよね」

「一方的に殴られたんじゃない。ちゃんと殴り返した」

「子どもか」

手当をしながら、瑠衣はそっと誠也の臭いを嗅ぐ。酒臭くはない。ただ血の臭いが漂ってくるだけだ。

怖れと疑念が同時に湧く。建築現場で指揮を執り体格が立派なので強面《こわもて》の印象があるが、誠也は滅多に声を荒らげることも、ましてや他人に暴力を振るうことなど決してない。少なくとも瑠衣が物心ついた頃からはずっとそうだ。誠也ほどいざこざや暴力から遠い人間はいないと思い込んでいた。

ところが酒も入っていないのに誠也は暴力沙汰に及んでいる。しかも着替えをしていないところから、葬儀中の揉め事である確率が高い。瑠衣にとってはあってはならない出来事だ。

「まさかと思うけど葬儀の最中に喧嘩したんじゃないでしょうね」

誠也は答えようとしない。答えがないのは肯定の証だと判断した。

「呆れた」

「違う」

「何がよ」

「最中じゃない。出棺されてからだ。だから須貝にも奥さんにも迷惑は掛けていない」

「それが子どもの屁理屈だって言ってるの」

手当を終えると、瑠衣は誠也の正面に回り込んだ。視線を逸らさせない、質問をはぐらかさせないための位置取りだった。

「答えて、お父さん。いったい出棺の後に何があったの」

「お前には関係ない」

「関係ないはずがないでしょ。藤巻さんと須貝さん、ヤマジ建設の課長が二人も相次いで死んでいる事件だよ。その葬儀の席で起きた揉め事なんでしょ。第一、お父さんが誰かと喧嘩するなんて有り得ない」

「お前はしないのか」

誠也は冷静に訊き返してくる。

「仕事の進め方で上司や同僚と衝突することはないのか」

「それは一回や二回くらいは」

「同じ組織でも一枚岩とは限らん。どんなに結束の固い企業だって所詮は個人の寄せ集めだ。意見が違うヤツもいれば、性に合わないヤツもいる」

「だからって殴り合いする必要ないでしょ」

「血の気の多いヤツはどこの会社にもいる。そういうヤツに場所やギャラリーのあるなしは関係ない」

「お父さん、わたしの質問にまだ答えてくれていない」

瑠衣はずいと詰め寄った。

「どんな理由で喧嘩したのよ。いくら相手が血の気の多い人でも、お父さんなら軽くやり過ごせるはずよ」

「あまり買い被るな」

誠也は目を逸らさない。

だが真意を告げているとは限らない。嘘は吐《つ》かないまでも、全てを吐露する必要もない。

「理由を教えて」

「くどい。お前には関係ない」

「事件には関係があるの」

誠也は再び黙り込む。これこそ肯定の証とみてよさそうだった。

「俺はもう寝る」

誠也はこれ以上話すつもりはないというように、こちらの目も見ずに立ち上がる。

「ちょっと。まだ話は終わってない」

「今は話す気はない。だが時期がきたら必ずお前に言う」

寝室へと向かう父親の背中に、瑠衣はおやすみのひと言さえ掛けそびれた。

誠也が立ち去ったリビングに一人残された瑠衣は、最後まで真意を告げなかった父親に悶々とする。

今は話す気はないだと。

誠也が事件の何を知っているというのだ。

時期とはいつどんな時だ。犯人が逮捕されて事件が解決した時か、それとも別の展開が発生した時か。

追い掛けて問い詰めようとも考えたが、すぐに無駄と悟った。嘘は吐かない代わりに、這ってでも黒豆のような強情さがある。口の堅さは、瑠衣が過去に相手をした容疑者たちに勝るとも劣らない。瑠衣が改めて問い質したところで口を貝のように閉じるに決まっている。

だが解明されない疑念は別の疑念を生む。次の瞬間思いついたのは、瑠衣自身が愕然《がくぜん》とするような疑念だった。

ひょっとしたら藤巻と須貝の事件に誠也が大きく関わっているのか。

本当に二人を殺《あや》めた犯人ではないのか。

疑念が明確なかたちになると、瑠衣は身体を硬直させた。

馬鹿な。

そんなはずがあるものか。

頭を振って慌てて打ち消したものの、一度浮かんだ疑念がそう簡単に払拭できるはずもない。

落ち着け。よく考えろ。

藤巻が殺害されたのは六月四日の午後七時二十分頃。その時間、誠也はどこで何をしていたか。同八時過ぎ、瑠衣は大量毒殺事件についての訊き込みで偶然事件現場に居合わせていた。帰宅した時に誠也はパジャマに着替えていたが、藤巻を突き飛ばした足で自宅に急行したと考えればアリバイはぎりぎり成立しない。

須貝の事件ではどうだったか。死体が発見されたのは十九日の午後十一時四十五分。瑠衣が自宅に戻る途中に第一報を受けたため、そのまま現場へ向かった。帰宅しなかったので誠也の姿は確認していない。つまりこの件でも誠也のアリバイは成立していない。

背中に悪寒が走った。

単なる妄想と片付けようとしたが、もう一人の瑠衣が論理的に排除できない可能性を無視するなと警告する。誠也の意味ありげな台詞が頭の中で反響する。

入浴しても化粧を落としても、ベッドに入っても疑惑は纏《まと》わりついて離れようとしない。

結局、瑠衣はまんじりともせず朝を迎える羽目になった。

2

眠れなくても無情に朝は訪れる。食卓で誠也と顔を合わせるのが嫌さに、瑠衣はいつもより相当早めに家を出た。

まだ七時台だというのに、はや桐島と麻生の両班長と何人かの捜査員は先に登庁していた。さすがに検挙率トップを争う班は熱量が違うと、毎度のことながら感心する。

「今日は早いな、春原」

声を掛けてきたのは麻生だった。

「宍戸班はまだお前一人か。朝駆けする事件でもあるのか」

「仕事が溜まっていて。西新橋の事件が単体では済まなくなって」

「ああ、ヤマジ建設絡みの事件に発展したんだったな」

麻生は思い出したように言うと、申し訳なさそうな顔をした。

「宍戸班単独での捜査か。本来ならウチも合流したいんだが」

「お気持ちだけでいいですよ。そちらの事件も継続どころか拡大してしまって」

三日に発生した大量毒殺事件は二十日になって新たな展開を迎えた。長野方面を走っていた大型バスが爆発炎上したのだが、これが件《くだん》の毒殺事件と関連していることが判明したのだ。大量毒殺に大型バス爆破と、事件はかつてないほど凄惨で甚大なものと化していた。専従の桐島班はもちろん、麻生班が他の事件に関われなくても仕方のない状況なのだ。

「人手がないのはお互い様だが、くれぐれも一人で背負い込もうなんて考えるなよ。背負い込んだ挙句に春原が潰れたら、結局は他のヤツらに皺《しわ》寄せがくる。一人の無理が全員の無理を呼ぶことになりかねない」

麻生という男は直属でなくても部下に何かと気を配る。それゆえに捜査員からの人望もあり、無愛想なのに神経細やかな点は誠也を髣髴《ほうふつ》とさせた。

「肝に銘じます」

「朝っぱらから肩が凝るような返事するなよ。ウチの犬養見てみろ。部屋にいる時は陸に上がったアザラシみたいにしているぞ」

「それを見習えと仰るんですか」

「部屋にいる時はアザラシだが、現場に行けばよく走る犬になる。四六時中緊張していたら保たないぞ。じゃあな」

片手を上げて麻生は自分の席に戻っていく。せめて宍戸にも麻生の半分ほどの気遣いが欲しいところだが、これはないものねだりだろう。

コーヒーで眠気を誤魔化《ごまか》していると志木が登庁してきた。

「ほう、珍しいな。俺より早く来ているなんて」

「たまたまですよ」

「じゃあ早速行くか」

志木は座面が温まらないうちに席を立ち、瑠衣とともに半蔵門へと向かう。


訊き込みを深化するべく辿り着いた方針は出勤時の通行人からも目撃情報を募ることだった。今までは事件発生と同時刻に訊き込みをしていたが、目撃者が当日だけは帰宅が遅れた可能性もある。帰宅時間はばらばらでも出勤時間は大体集中している。朝のラッシュ時に訊き込みをかければ、目撃者が見つかるかもしれない。

だがラッシュ時にはラッシュ時のデメリットがある。駅の出入りが激しくて一人一人を捕まえるのが困難なのだ。

「六月十九日の夜ですか。定時に帰りましたよ」

「ああ、その日は定休でした」

「すみません、急いでるんで」

「そこに立ってたら邪魔ー」

言葉を交わしてくれる通行人はまだ協力的な方で、大部分は瑠衣たちを無視して通り過ぎてしまう。

訊き込みは九九パーセントが虚空を摑むような作業だ。赤の他人の死に積極的に関わろうとする者は多くない。いたとしても、そのほとんどは野次馬だ。犯人逮捕に繋がるような有益な情報はそうそう転がっていない。

時間は過ぎ、人も過ぎていく。得られたものは皆無に等しく、潰せた可能性がいくつなのかも不明のままだ。

「ご協力ありがとうございました」

いくら形式的であっても実のない仕事に下げる頭は重くなる。立ち続けて、そろそろ太腿が悲鳴を上げる頃合いになってきた。

「やっぱり深夜帯の事件の目撃者を朝のラッシュ時に探すのは非効率じゃありませんか」

「時と場合による」

志木は怒りもしなければ宥《なだ》めすかしもしない。

「だだっ広い池で、現状どこに魚がいるか分からないのなら、片っ端から釣り糸を垂れるより他はない。効率というのは魚の位置が分かってからの話だ」

理屈は分かるが、納得するには余裕が要ると思った。とうに初夏を過ぎた都内は午前七時を回ると途端に陽射しが強くなる。動き回っている分にはさほどではないが、立ち止まると汗がどっと噴き出してくる。瑠衣の額にもそろそろ玉のような汗が浮かんできた。

ひと休みしませんかと言いかけた時、瑠衣は視界の端に決して見過ごせない人影を捉えた。

病的なまでに痩せ、着衣から棒のような手足を露出している男。

案山子男。

須貝の葬儀に参列した男が、道路を隔てた4番出口でやはり通行人に話し掛けていた。ここから眺める限り、瑠衣たちと同様に訊き込みをしているように見える。

「志木さん」

「分かってる。参列者の中で唯一素性が不明の男だ」

志木は言い終える前に走り出す。

「挟み撃ちにする。俺は坂の上から行く」

瑠衣は坂の下から接近しろという指示だ。言われた通り、横断歩道を渡って4番出口に向かう。見れば志木は大胆にも通行車両の途切れるのを待って車道を横切っていく。

4番出口を中間地点に案山子男を両側から挟む。これで彼の退路は車道に飛び出すか、出口から地下に下りるしかない。

足音は殺せても近づく気配は消せない。瑠衣との距離が十メートルになると、案山子男も二人の接近に気づいたようだった。

「警察です」

先に切り出したのは瑠衣だった。警察手帳を提示した時点で後ろから志木が到着した。

「お話を伺いたいのですが、ご協力お願いします」

「巡査部長の春原瑠衣さんか。お仕事ご苦労様」

案山子男は微《かす》かに笑った。ただし相対する者を安堵させる笑いではない。

逆だ。

笑いかけられた瞬間、瑠衣は不穏さしか感じなかった。

「今、ここで何をしていたんですか」

「職質ですか」

「訊いているのはこちらです」

「訊き込みですよ。あなたたちと同様にね」

「何の訊き込みですか」

「決まってる。六月十九日の午後十一時四十五分頃、５番出口付近を歩いていた不審な人物を見かけなかったか」

「何か身分を証明するものをお持ちですか」

「名刺でよければ」

男が差し出した名刺には、こう記されていた。

『鳥海探偵事務所　代表鳥海秋彦《あきひこ》』

「トリウミさん」

「トカイと読みます。まあ探偵と言っても失せもの探しと浮気調査が専門ですが」

「私立探偵がどうしてこんなところで訊き込みなんてしているんですか」

「言うまでもなく須貝謙治事件の目撃者捜しですよ」

「探偵というからには調査依頼した人がいるんですよね」

「依頼人については守秘義務があります」

「昨日、須貝さんの葬儀に参列してましたよね」

「何だ、知られてたのか。じゃあ、わたしが須貝の友人であることも承知しているって訳だ」

鳥海はあっさりと告げた。

「調査の依頼人はわたし自身です。個人的に須貝の死に納得がいかないから調べている。答えはそれで充分のはずです」

「探偵を生業《なりわい》としている人が個人的な調査ですか」

「あんたには友だちがいないのか」

一瞬、虚を突かれる質問だった。

「わたしのことは関係ないでしょ」

「いないんだな」

「いますよ」

「一番の友だちが理由も分からずに殺されたら、動機や犯人を知りたいと思うでしょう。仕事抜きで調べようと考えるでしょう。わたしも同じです」

「探偵さんが警察と張り合うつもりですか」

「張り合うも何も」

鳥海は呆れたように肩を竦《すく》める。

「事件から四日が経とうとしているのに、未だに現場周辺で地取りをしている。まだ目撃情報が集まっていないか、さもなければ初動捜査が遅れている証拠だ。張り合う以前にそっちの材料が不足している」

進捗《しんちょく》状況をずばり言い当てられて腹が立った。

「失礼ですが、事件当時はどこで何をしていましたか」

「その名刺にある事務所にいましたよ」

「真夜中ですよ」

「住居兼事務所でしてね」

「証言してくれる人はいますか」

「防犯カメラ。事務所の入口に設置してあるので、わたしを含めて出入りした人間は全て記録されます。どうしてもというならハードディスクを提出してもいいですよ」

こうしたやり取りに慣れているらしく、鳥海の受け答えは当意即妙で澱《よど》みがない。頭の回転も早そうだ。

だが少しも感心できない。むしろ胡散《うさん》臭さが倍増するばかりで信用ならない。

「警察の捜査を邪魔しないでください」

「邪魔になるほど捜査は進展していないでしょう」

話せば話すほどこちらが不愉快になっていく。もし瑠衣を怒らせようとして言葉を選んでいるのなら、絶妙のチョイスだと思った。

まあいい。本当に捜査の障害になるなら公務執行妨害で逮捕するまでだ。

「いずれ事務所に伺うかもしれません」

「どうぞ」

鳥海は辺りを見渡し、これ見よがしに嘆息する。

「やれやれ。職質を受けている間にラッシュが切れちまった。そちらこそ調査の邪魔をしているんですけどねえ」

「お互い様でしょう」

「少なくともあんたたち二人が捜査するよりもわたし一人の方が成果を出せる。たとえばあんたたちは犯行現場近くの5番出口で訊き回っているが、二人いるんだったらこっちの4番出口にも配置するべきだ」

「妙なことを言いますね。どうして反対側の出口で訊き込みをする必要があるんですか」

「あんた、この地形を見て何も思いつかないのか」

鳥海は出口から伸びる坂を指差した。駅構内の構造上、5番出口は4番出口のはるか下に位置している。

「この坂はかなり勾配がきつい。だから、たとえばイギリス大使館方面に勤め先がある利用者は出勤時には4番出口から出て、帰りは5番出口に入っていくヤツが多い。そうすると坂を下りる一方で上がる必要は一切ないからな。足腰に不安がある者や高齢者はそうしている。だから4番出口でも訊き込みしないと目撃者を取り逃がす結果になりかねない」

周囲を見渡せば、確かに4番出口と5番出口の中間にはイギリス大使館へ続く道が伸びている。

「よく、そんなことを知っていますね」

「少し観察すれば分かる」

まるで瑠衣たちが低能だと言わんばかりの口ぶりだった。思わず足が前に出たが、すんでのところで志木に肩を摑まれた。

「やめとけ」

鳥海は瑠衣たちを一顧だにせず立ち去っていく。しかし急に気が変わったらしく、立ち止まると振り向きざまにこう言った。

「麻生さんは元気か」

慌てて追いかけようとしたが、既に鳥海の姿は人混みの中に消えていた。


「こりゃあ鳥海じゃないか」

本部に戻った瑠衣が鳥海の写真を見せると、麻生は懐かしそうな声を上げた。

「麻生班長のお知り合いですか」

「知り合いも何もお前の先輩だよ」

刑事だったのか。

「宍戸あたりになるともう知らないだろうが、俺より一つ下で同じ班で働いていた。ちょうど犬養と入れ違うかたちで退職したんだ。風の噂で探偵事務所を開いたと聞いていたが、まさか被害者の友人だったとはな。世間は狭い」

「どんな人だったんですか」

「刑事としてはとびきり優秀。検挙率は一課でもすば抜けていた。あのまま続けていたら俺や桐島よりも早く昇進したんじゃないかな」

「退職の理由は」

「知らん」

麻生は途端に不機嫌な口調になる。

「俺たちには一身上の都合としか知らされていない。当時の刑事部長が慰留に努めたが、本人は頑として聞き入れなかったらしい」

「刑事としては優秀。でも人間としてはどうだったんですか」

「春原はあいつと話したのか」

「はい」

「どんな印象を受けた」

「ひと癖あると言うか、常にこちらを見下すような感じでした」

「変わってないな。それがあいつの手法だよ」

「手法。あれがですか」

「初対面の人間をまず怒らせて、相手の出方と性格を探る。俺たちが尋問でよく使う手だが、鳥海はそれを容疑者以外にも適用する」

「独特な人なんですね」

「持って回った言い方をしなくてもいい。ありゃあ、とんだ偏屈者だ」

「初対面の相手にそんな態度を取り続けていたら友だちがいなくなっちゃいませんか」

「ああ。だから鳥海とつるむヤツは極端に少なかった。本人はまるで気にしていなかったみたいだけどな」

瑠衣は再度鳥海の写真に視線を落とす。十和子を前にした神妙な顔は、先刻の人を食ったようなそれと全く別物だった。どちらが本当の鳥海なのか、それとも相手によって態度を変える不実な人間なのか。

分かったことは、一筋縄ではいかない人物が事件に関与しているという事実だった。

3

翌日、志木と瑠衣は新宿に向かっていた。昨日、鳥海から渡された名刺には、事務所の住所が新宿区荒木町となっている。

「それにしても元刑事だったなんて」

瑠衣は正直な気持ちを吐露する。

初対面から胡散臭い人物だと感じたし、その印象は今でも変わらない。まさか同じ庁舎の同じフロアに出入りしていた先輩だったとは夢にも思わなかった。

「しかし退官後に探偵事務所を開いたというのはありがちな話だな。刑事なんてそうそう潰しの利く商売じゃない。キャリアじゃない限り、再就職するとしたら探偵か警備員くらいしかない」

「今からリタイア後のこと考えるなんて、ちょっと切ないですよ」

「今からじゃない」

志木は面白くなさそうに呟く。

「捜一に配属された翌日から考えている」

瑠衣は聞かなかったことにして鳥海の風貌を思い起こす。商売柄、様々な職業の人間を相手にしてきたが探偵というのは初めてだ。鳥海本人と同様に胡散臭いが、同時に怖いもの見たさもある。

荒木町はやたらに坂の多い街だ。平坦な道は数えるほどしかなく、気がつけばどこかの坂を上り下りしている。街全体が擂《す》り鉢状の地形をしているための特徴であり、荒木町界隈が新宿区内でも家賃が安い理由だと聞いたことがある。

しばらく上っていると坂の両側に雑居ビルの一群が見えてきた。鳥海の事務所はそのうちのビルに入っている。

八階建てビルの前に立って瑠衣は当惑した。褪色《たいしょく》した壁面に白濁したガラス窓。おそらく平成の初期か下手をすれば昭和の遺物のような建物だ。

「これって現在の耐震基準を満たしているんでしょうか」

「少なくともこの間の震災で倒壊しなかったから合格なんじゃないのか」

心許ない会話をしながらエントランスに入る。ビルの中はカビ臭く、湿気が肌に纏《まと》わりつく。

「こういうビルのテナントにしか入れないという時点で、再就職先からは探偵業という選択はなくなるな」

「探偵業にはもっとスマートなイメージがあったんですけど」

「失せもの探しと浮気調査だけじゃ、まともな稼ぎにならないんだろ」

今にも停止しそうなエレベーターで四階に降りると、部屋は三つしかないので目指す事務所はすぐに分かった。右側のドアに〈鳥海探偵事務所〉と書かれたプレートが掲げられている。

「あれを見ろ」

志木が顎で示した先を見ると、天井近くに防犯カメラがこちらを睥睨《へいげい》していた。

ノックすると鳥海の声が返ってきた。

『どうぞ。開いてますよ』

椅子に座っていた鳥海は志木と瑠衣の姿を認めるなり、冷笑を浴びせてきた。

「やっぱりあんたたちか」

鳥海は二人に応接セットの椅子を勧める。これもひどくくたびれたソファで、勢いよく腰を下ろすとスプリングが突き出そうな風情だ。

椅子に座った鳥海は案山子のような細い足を投げ出していた。

「予想よりも早かったな」

聞き咎《とが》めたのは志木だった。

「どうしてわたしたちがお邪魔する時期を予想できたんですか」

「半蔵門駅での訊き込みで何か手掛かりを得たのなら、裏を取るのに時間を要する。昨日の今日でここに訪ねてきたのは、訊き込みが空振りに終わったからだ。違うか」

図星だった。

鳥海と別れた後、志木と瑠衣は4番および5番出入口で訊き込みを続けたものの、結局目ぼしい成果は挙げられずじまいだったのだ。

「多少は手掛かりを摑めるかと思ったから、訪問はもう少し後になると予想していた。どうやらあんたたちを買い被っていたみたいだな」

「本日お伺いしたのは約束を果たしてもらうためですよ」

売り言葉に買い言葉で志木は上半身を前に乗り出す。

「事務所の入口に設置してある防犯カメラにはあなたの出入りが映っている。警察からの要請があればハードディスクを提出していただけるという話でしたね」

「何だ、本気に受け取ったのか」

鳥海はあからさまに志木を見下していた。

「五分待ってくれ。レコーダーごと渡してやる。その代わり返却するまで代替品を寄越せ」

「ああ、それは迂闊《うかつ》でした。さすがに代替品は用意していません」

「こんな探偵事務所でも防犯は必要でね」

瑠衣は改めて事務所の中を見回してみる。キャビネットの中には整然とファイルが並べてあり、鳥海の几帳面さが窺《うかが》える。ただしファイルの少なさから扱っている案件が多くないことも読み取れる。

床にはうっすらと埃《ほこり》が積もっている。内装自体が質素なのでさほど目立たないが、仕事に几帳面であっても細かいところまでは行き届いていない。少なくとも依頼人が足繁く通いたくなる事務所でないのは確かだ。

「じゃあ代替品を用意した上で後日再訪させてもらいます」

「迷惑な話だ」

「迷惑ついでに話を聞かせてくれませんか。捜一の元先輩として」

「ふん。麻生さんに何を吹き込まれた。どうせ碌な話じゃあるまい」

「刑事としてはとびきり優秀。検挙率は一課でもずば抜けていた。あのまま続けていたら麻生班長や桐島班長よりも早く昇進したんじゃないか、と」

「相変わらず目の曇ったオッサンだな」

鳥海は苦笑交じりに言う。

「俺に班長なんて務まるもんか」

「鳥海さんが退官した理由については誰も知らない。当時の刑事部長が慰留に努めたにも拘《かか》わらず頑として聞かなかった」

「ちゃんと一身上の都合だと報告してある。大体、退職理由を事細かに説明するヤツなんているのか」

「普通ならそうでしょうけど、あなたは普通じゃなかった。だから当時の麻生班長たちも不思議がった」

「刑事を辞めるのが、そんなに不思議か」

鳥海は見透かしたような視線を投げて寄越す。

「一応は公務員だが図書館司書や市役所職員とは違う。見たくないものを見たり、味わいたくないものを味わったりする。ヒトのかたちをしていない死体を観察しなきゃならない。クスリをキメて刃物振り回しているヤツに立ち向かわなくちゃいけない。一瞬の気の緩みで手前《てめ》ェが死体になるかもしれない。身体を張った仕事なのに給料は他の公務員とどっこいどっこい。志木さんだったな。あんたは退職を考えたことは一度もないのか」

まさか先刻の二人の会話を聞いていたはずはないのだが、瑠衣はぎょっとした。志木はと見れば、痛い腹を探られたような顔をしている。

「失礼しました。あなたの退職の件はマクラのつもりでした」

「マクラは防犯カメラの話じゃなかったのか」

「本題はあなたと須貝謙治氏との関係についてです。友人ということでしたが、もう少し詳しい話を」

「ここに来る前、警察に残っていたわたしの履歴くらいは参照しただろう。同時に須貝の履歴も把握しているはずだ」

「同じ高校の出身でしたね」

「ついでに言えば中学も同じだった」

「親友だったんですね」

「殺された理由を突き止めたい程度にはな。説明にはそれで充分だろう。クラスメイトなんて下手すりゃ家族より顔を合わせる時間が長いんだ。六年も付き合っていればそれなりに柵《しがらみ》ができる」

鳥海の言葉は一部理解できるものの納得するには至らない。六年間の柵というが、数々の証言で浮かび上がる須貝の人物像と目の前に座る鳥海が重ならない。二人が肩を組んでいる光景がまるで想像できない。

「春原さんはわたしの説明に不満があるみたいだな」

「そんなことは」

「顔に出ている。須貝はクソ真面目な男だったから、わたしみたいな男と一緒につるんでいる画が頭に浮かんでこないのだろう」

「正直に言えば、そうです」

「別に年がら年中つるんでいた訳じゃない。それこそ腐れ縁てやつさ」

本音には聞こえなかった。ただの腐れ縁で葬儀に参列したり、独自に調査をしたりするものだろうか。

「訊きたいことはこれだけか、志木さん」

「もう一つ。あなたが独自に調査して何か判明した新事実はありますか」

「それを民間の探偵に訊くとは情けないねえ。現役のプライドってものがないのかい。捜一の刑事なら手掛かりは自分で掘り出してくるものだ」

志木が唇を噛み締めるのが見えた。彼の口惜しさは瑠衣にも分かる。続けざまの事件にも拘わらず解決の糸口は全く摑めていない。藁にも縋《すが》りたい気持ちは瑠衣も同様だった。

「また、あらためます」

志木は表情を強張らせたまま腰を浮かせる。長居をしないのがせめてもの虚勢だった。

「すみません。わたしからも質問があります」

瑠衣が咄嗟《とっさ》に声を上げる。

「須貝さんの葬儀、最後まで会場にいましたよね」

「ああ、出棺まで見届けた。参列した者の務めだからな」

「式の最中に何かアクシデントは起こりませんでしたか」

「須貝が棺桶から這い出てくれば面白かったんだが、生憎《あいにく》そういうアクシデントはなかった」

「そうじゃなくて、参列者同士の揉め事みたいな」

「ああ、ちょっとした小競り合いみたいなのはあったな。出棺したと思ったら、いきなり五十過ぎくらいのオッサンが山路会長に向かっていったんだ」

「まさか会長と殴り合ったんですか」

「その一歩手前で周りの人間に取り押さえられて事なきを得た。まあそいつらとは多少殴り合ったんだけどな。あのまま会長まで手が届いていれば、ちっとは面白いものが見られたかもしれないのに残念だ」

「親友の葬式ですよ」

「須貝はああ見えてお祭り好きな男でね。手前ェ《てめ》の葬式くらい派手に執り行ってほしかったんじゃないのか。さあ、もう訊くことがないなら立ち上がって回れ右だ」

鳥海とのやり取りがよほど腹立たしかったらしく、事務所を出ても志木はひどく不機嫌そうだった。

「さっき、葬式で会長に向かっていった男の話が出たな」

「はい」

「斎場の外にいたはずの春原が会場内で起きたことを知っているのは、騒ぎを起こした五十過ぎくらいのオッサンがお前の親父さんだからか」

「そう、です」

「騒ぎの原因は何だったんだ。親父さんに訊いたんだろ」

「教えてくれませんでした」

「親父さんは葬儀の席で騒ぎを起こすような非常識な男か」

「娘から見てもつまらないくらいの常識人です」

そうか、と言って志木は瑠衣の顔を覗き込んだ。

「だったら葬儀で親父さんがとった行動にはそれなりの理由があるってことだ。時間がかかってもいい。親父さん本人から理由を訊き出せ」

「須貝さんの事件に関係あると思いますか」

「まずは訊き出せ。関係があるかないかの判断はその後ですればいい」

志木の言葉は正論だが、正論ゆえに鬱陶《うっとう》しい。誠也が訊いて簡単に答えてくれるのなら苦労はしない。

瑠衣は胸の裡《うち》で盛大に溜息を吐く。


捜査本部では宍戸が二人を待ち構えていた。

「鳥海何某《なにがし》はどんな様子だった」

麻生から素性を聞いたのか、宍戸は興味津々の様子だ。

「あの人がOBでよかったですよ」

志木は忌々しそうに言う。

「そんなに優秀だったか」

「鳥海さんが上司や先輩だったら、俺は上手くやっていく自信がありません。いくら優秀でも、あんなにひねくれていたら誰もついていきやしません」

「らしいな。麻生班長から聞いたが、検挙率はずば抜けていたものの協調性ゼロだったせいで一課でも孤立しがちだったようだ」

確かに鳥海の立ち居振る舞いは人を寄せ付けない雰囲気があり孤立無援という言葉がよく似合う。

「鳥海は事件に関係していそうなのか」

「まだ何とも。防犯カメラが設置されていたお蔭でアリバイには自信がありそうでしたね。記録済みのハードディスクはレコーダーの代替品と引き換えにすぐ鑑識に回します」

「須貝とは友人だったらしいな」

「二人の履歴を見る限り嘘じゃなさそうですね」

「嘘かどうかはこの際あまり重要じゃない。問題は鳥海が誰の依頼で動いているかだ」

「友人だから自分の意思で調査しているんじゃないですか」

「探偵業なんてそうそう稼げる商売じゃない。他の依頼に優先して調べているのなら、手間暇に見合うだけの報酬を見込んでいるはずだ」

「当たってみます」

「捜一のエースと謳《うた》われた以外にも、何かと胡散臭い噂が絶えなかった男だ。分かったことは逐一報告してくれ。鳥海についての情報に限らず本件に関しては細大漏らさずだ」

ふと違和感を覚える。いつも昼行灯《ひるあんどん》よろしく仕事をこなしている宍戸には珍しい指示だった。

「それと専従班から横沢《よこざわ》と三田《みた》と加藤《かとう》の三人が抜ける」

「え。ちょっと待ってください」

「例の大量毒殺事件とバス爆破事件の捜査にいよいよ人が足らなくなってきたせいだ」

「こっちだって藤巻と須貝の事件を抱えて人が足らないんですよ。それを更に三人抜かれるなんて」

「課長の指示だ。俺に言うな」

宍戸の顔に一瞬拒絶の色が浮かんだのを瑠衣は見逃さなかった。

「人員に限界がある限り、どうしたって優先順位がつく。この場合は被害者の数とマスコミの注目度合いだろ」

「まるでヤマジ建設絡みの事件は迷宮入りになっても構わないと言ってるみたいですね」

「おい」

宍戸が低い声で制した。これも宍戸には珍しい仕草だ。

「滅多なことを言うな。誰が聞いているともしれないんだ」

似つかわしくない口調で、さすがに瑠衣も気がついた。瑠衣が気づいたくらいだから志木は当然勘が働いたに違いない。途端に志木は気まずい表情となった。

瑠衣の中でむくむくと反発心が湧き起こる。父親の関与しているかもしれない事件だ。いい加減な捜査でお茶を濁されて堪るものか。

「どこかから圧力がかかったんですか」

「声が大きいと言っている」

「答えていただけなければ、もっと大きな声で質問します」

「二人とも、ちょっと顔を貸せ」

志木と瑠衣は宍戸について別室に移動する。皆のいる刑事部屋でできない話は役職者に都合の悪い話と相場は決まっている。果たして別室の椅子に落ち着いた宍戸は渋い顔で話し始めた。

「どういうつもりだ、春原」

「ヤマジ建設関連の事件をちゃんと捜査したいだけです。ウチの班の専従なんですよ」

「お前に言われるまでもない。別に捜査するなと言ってるんじゃない。優先順位に従えと言っているんだ」

「二人目が殺害されて、まだ日が経っていないのに捜査班を縮小するなんて正気の沙汰じゃありません」

「言葉に気をつけろ」

「上司批判になるからですか。やっぱりあるんですね、どこかからの圧力」

瑠衣は宍戸を正面から見据える。自分は目力が強いとよく言われる。半分寝ているような宍戸には負ける気がしない。

「上司にガンを飛ばして何様のつもりだ」

「班長」

「言葉に気をつけろというのはな、それが本当に圧力なのか、どこ方面からのものかが不確かだからだ。ただの噂や憶測でモノを言ったら、たとえ正論であっても組織に不協和音をもたらす」

ただの噂や憶測でないのなら余計に不協和音をもたらすような気がしたが、口にはしなかった。

「でもわたしたちをわざわざ人目のない場所に連れてきてくれたのは、噂や憶測を教えてくれるからじゃないんですか」

「普段はぼうっとしているのに、変なところで気が回るヤツだな」

前段部分はそのまま宍戸に返してやりたい。

「じゃあ噂だと割りきった上で聞け。横沢たちを専従から外すように指示してきたのは津村課長だが、ヤマジ建設に纏わる事件は連続殺人事件の様相を呈している。そんな重大事件の捜査に関わる人員配置を津村課長一人の独断で決められると思うか」

「課長の上席者……刑事部長ですか」

「刑事部長は昨日からずっと外出している。まさか電話一本で課長に指示は出さんだろ」

「それじゃあ」

刑事部長のそのまた上席者となれば自《おの》ずと数は限られてくる。

「副総監」

「俺が聞いた噂もそこまでだ。警視総監や副総監に圧力を掛けられるとしたら公安委員長か政治家だろう。言い換えたらヤマジ建設の事件は政治絡みの可能性が否定できない」

「積極的に疑ってはいないのですか」

「政治家が本気で捜査に介入しようとしたら、もっと露骨な指示が出ている」

瑠衣は志木と顔を見合わせる。宍戸の言い分には一理ある。瑠衣の担当した事件ではないが、政治家が捜査に圧力をかけた時は立件すら危うくなるのが普通だ。捜査員を削減するような消極的な指示にはならない。

「噂自体が胡散臭いから鼻を突っ込む気にもならん。火のないところからでも煙は立つしな。俺としては上からの指示をお前たちに伝えるだけだ」

「鳥海さんに関して細大漏らさず報告しろというのも上からの指示ですか」

「事件に絡んだ情報は全て、逐一。そういう指示だ」

宍戸は二人から視線を外し、天井を見上げる。

「死体は増える。捜査員は減る。それでも容疑者を特定して立件するのが刑事の仕事だ。二人とも頑張ってくれ」

　姿勢さえまともなら胸に響く言葉かもしれないが、だらけた格好で言われても嘘臭く聞こえるだけだった。先刻からすっかり不貞腐《ふてくさ》れた様子の志木が責めるような目で上司を見る。

「しかし班長。今更ですが、人員が減ればその分残った人間の負担が大きくなりますよ。精神論だけでマンパワーは向上しませんよ」

「気が合うな。精神論に懐疑的なのは俺も同じだ。しかしよ、日本人ていうのは土壇場になりゃ大抵は精神論で突っ走るし、それで成果が上がる時もあるんだ」

　今日び保健体育の教師も口にしないような台詞だ。警視庁の捜査一課というのはいつから脳みそまで筋肉になってしまったのか。志木は憮然とした表情で宍戸を眺める。

「分かりました、頑張ります。ただしわたしも春原も体力気力には限界がありますので、適度に休憩させてもらいますよ」

　やる気のない指示にはやる気のない返事で返す。いかにも志木らしい態度だが、あまり褒められたものではない。精神論は好きではないが、自堕落の応酬は見ていて胸糞が悪くなる。

　宍戸から解放されると、今度は志木が天井を見上げた。

「春原。最低の上司の定義を知っているか」

「大体予想がつきますけど」

「無能な上司はまだマシなんだ。部下がその分をカバーしようとするから、それなりの結果が出る。最低なのは責任を放棄する上司だ。上司が取らない責任を部下が取るはずがない。誰も責任を取らない組織にまともな仕事ができるもんか」

「ウチもそういう組織なんですか」

「ただの愚痴だ。マジに受け取るな」

志木は忘れろとでもいうように片手をひらひらと振ってみせる。

「俺たちが責任を取る必要はない。逆に考えれば好きに動けるってことだ」

志木にも至らない部分は多々あるが、そうした解釈をするところは好感が持てる。コンビを継続できているのはそのお蔭だろう。

「ですよね」

瑠衣は頷いて同意してみせる。外部から圧力がかかろうと上司が無責任であろうと、自分が納得できる捜査をすればそれでいいと思った。


しかし士気を高めたまではよかったが、やはり捜査員三人を失った穴は予想以上に大きかった。半蔵門駅付近の訊き込みもまだ終わりが見えず、七月に入っても相変わらず二つの事件を明確に関連づける材料は見つかっていない。

鑑識からも未だ目ぼしい報告は上がってこない。件《くだん》の大量毒殺事件とバス爆破事件では現場に残された遺留品が膨大な量に上るため、そちらの分析作業に忙殺されている事情も手伝っている。鑑識係を責めるのはお門違いであるのは分かっているが、毎日雲を摑むような捜査を続けているとつい恨み言の一つも洩らしたくなる。

人手不足をマンパワーで補おうとすれば、当然のように無理が祟《たた》る。無駄に若さを誇る瑠衣の場合は体力より先に気力が萎《な》えた。お蔭で帰宅してもまるで疲労が取れない。

「帰ってくるなりソファに大の字か」

先に帰っていた誠也はいつもの口調でぼやく。この後に「それでも年頃の娘か」と続けば軽い喧嘩になって別の気合いが入るのだが、ここ数日は誠也も口数が少なくなり心地いい衝突もめっきり途絶えてしまった。

見方を変えれば誠也の側がコミュニケーションを避けているきらいがある。誠也が言い渋っているのが須貝の葬儀での暴力沙汰であるのは分かっている。それも選りに選って会長相手というのだから尋常な話ではない。尋常ではない話を誠也がすんなりと打ち明けるはずもなく、瑠衣としては本人が話す気になってくれるまで待ち続けるしかない。

しかしこの夜は疲れていたこともあり自制心も鈍っていた。

「三十前でも疲れはするよ。班から人を減らされて一人あたまの作業量が増えている。作業が増えても捜査は進まない。変なところから横やりが入っているみたいだけど上司は無責任を決め込んで最低。その上、父親は葬式でお偉いさん相手にひと悶着起こした理由を話してくれないし」

喋っている最中に失言に気づいた。

誠也は静かにこちらを見下ろしている。

「あ、えっと、あの」

「その口ぶりだと、俺が葬式で人に殴りかかったのは承知しているみたいだな」

「何でそんなことしたの。向かっていった相手は会長さんだったんでしょ」

「会長とは話したかっただけだ。あの人をどうこうしようとは全く考えていなかった」

「何を話すつもりだったの」

誠也はその問いには答えず、ゆっくりと背を向ける。

「風呂、早く入れ」

「待ってよ」

「寝れば大抵の疲れが取れる。若いってのはそういうことだ」

誠也は言い残して寝室に消えていく。もう一度呼び止めようとした時はもう遅かった。

いつもそうだ。瑠衣が追おうとすると、するりと逃げられる。そのくせ瑠衣が立ち入ってほしくない領域には不用意に踏み込んでくる。きついようだが母親には許せることでも父親には許せないものがある。そういう機微を果たして誠也はどこまで理解しているのだろうか。

瑠衣は浴室から出ると、冷蔵庫から冷えた缶ビールを取り出し、ひと息に飲み干す。安上がりなナイトキャップだが今日のように疲れている夜には効果覿面《てきめん》だ。

深く息を吐くと少しだけ後ろめたい気分になる。三十になる前にオヤジのようになっている。

なるほど、これでは誠也に反論できない。

誠也との会話を反芻《はんすう》する。

もう少し自分は父親と会話するべきかもしれない。一つ屋根の下で暮らしている父娘なのだ。ゆっくりでいい。行き違いや意見の相違があればお互いに確かめた上ですり寄っていった方がいい。

ゆっくりでいい。

別に今夜でなくても構わない。急ぐ必要はない。まだ自分と父親の間にはたっぷりと時間が残っているのだから。

そろそろ酔いの回り始めた身体を引き摺って、瑠衣は自分のベッドに向かった。

4

知らせが入ったのは七月二日午後一時半、半蔵門駅の訊き込みをしている最中だった。

スマートフォンが着信を告げたので表示を確認すると未登録の発信者からだ。

「はい」

『春原瑠衣さんのケータイでしょうか』

「そうですけど、どちら様ですか」

『申し遅れました。わたしは春原監督の下で働いている宮脇《みやわき》といいます』

父がいつもお世話に、と挨拶する前に自分の端末に電話が掛かってきた不思議に気づいた。

『落ち着いて聞いてください。監督が、お父さんが事故に遭いました』

事故。

『作業中に鉄骨が落下して……たった今、最寄りの病院に搬送されました』

一瞬、頭の中が真っ白になった。

『もしもし。もしもし』

「ちゃんと、聞いてます」

『病院名を言います。メモはお持ちですか』

瑠衣の端末には常時録音機能がセットされている。しかし今は使う必要もなかった。宮脇の告げた病院名は記憶中枢に叩き込まれたからだ。

「いったん現場を離れます」

同行していた志木に事故の旨を伝えると、彼は血相を変えた。

「班長には俺から報告しておく。こっちは気にせず病院へ急げ」

頭を一つ下げてから、瑠衣は駆け出した。

一歩足を出す度に鼓動が速くなる。

お父さん。

警察車両に乗っていく訳にはいかないので、通りでタクシーを捕まえようとする。だが、こんな時に限ってなかなかタクシーは現れてくれない。

早く。

早く。

お父さん。

お父さん。

一秒が十秒に、一分が一時間にも感じる。ようやくタクシーの姿を認めると、瑠衣は車道に半身を乗り出して大きく片手を上げる。

「巣鴨の○○病院へ。急いで」

自分の声が奇妙なほど落ち着いている。こんなに心が乱れているというのに口は勝手に動いている。精神と肉体は別物なのだと改めて知る。

「父が、その病院に担ぎ込まれているんです」

瑠衣の言葉で運転手が目を剝いた。

「それなら急ぐしかありませんね。しっかりシートベルトを締めてください」

やや乱暴に発車する。自分が警察官であるのを告げた方がいいのか、それとも告げない方がいいのか、場違いな疑問が湧いた。

病院の受付で父親の名前を言うと集中治療室の場所を案内された。病院の廊下を走る愚行は承知していても自ずと足が早くなる。急《せ》いた気持ちを抑えるだけで必死だった。

辿り着いた病室の前では見知らぬ三人の男が立っていた。

「監督の娘さんですか。先ほど連絡した宮脇です」

他の二人は巣鴨署の警官だった。瑠衣が身分を告げると、二人とも驚いていた。だが、そんなことはどうでもいい。

「父の容態は」

問い掛けられると、三人は気まずそうに視線を逸らせた。

不作法でも構うものか。瑠衣は宮脇に詰め寄る。

「どうなんですか」

「今、手術を受けている最中で」

「そのくらいランプを見れば分かります。事故の状況を教えてほしいと言ってるんです」

「本来あってはならない事故です。鉄骨を運んでいたワイヤーが緩んでいたのかバランスが崩れたのか、監督の頭上に落下して」

鉄骨の直撃を受けた人間がどうなるか説明は不要だ。

不意に意識が遠のきかけた。

「春原さんっ」

ふらついた身体を警官の一人が受け止めてくれた。

「大丈夫。大丈夫です」

「とにかく座ってください」

瑠衣は言葉に甘えて廊下の脇の長椅子に腰を下ろす。宮脇と二人の警官は気を遣ってか少し離れた位置に座った。

小一時間も過ぎた頃だろうか、〈手術中〉のランプが消え、集中治療室の中から医師が現れた。

「ご家族の方ですか」

医師の表情を見た途端、恐怖と絶望が全身を貫いた。

誠也は死んだ。


医師に臨終を告げられてからの数時間のことはあまり憶えていない。頭頂部が陥没していたため、誠也はすっかり人相が変わっていた。首から下の身体つきを見なければ他人と間違っていたかもしれない。

お世辞にも安らかとは言えない死に顔を見つめながら、瑠衣は困惑していた。目の前にある光景を頭が処理しきれずにいる。父親の死体を眼前にしても尚、現実味がまるで湧いてこない。素人の手になる脚本で無理に演じさせられているような気分さえする。

医師によれば搬送されてきた時点で心肺は停止していたという。頭蓋骨陥没による脳挫傷なら即死も当然だろう。

おそらく痛みを感じる暇もなかったでしょう。

瑠衣を思いやる気持ちから出てきた言葉だったのだろうが、即死がせめてもの救いである事実が尚更胸を抉《えぐ》る。

ふと父親の顔に触れたくなった。触れた途端に父親が目を覚ますような幻想に囚われた。

両手で顔を包み込むように触れる。

瞬間、ぴくりと手が撥《は》ねた。

まるで氷に触れたようだった。

手の平の冷たさを補うかのように目頭が熱くなる。涙が溢れ出すのは、あっと言う間だった。

それからは堰《せき》を切ったように涙が出た。体内の水分が全部涙になったのかと思った。嗚咽《おえつ》も出た。肺の中の空気が全部泣き声になったのかと思った。

気がつけば、まんじりともせずに朝を迎えていた。


病院一階フロアで遺体を監察医務院に委ねる手続きを済ませていると、志木がやってきた。

「おい」

志木はそう話し掛けたが後がなかなか続かない。こちらの顔を見て何やら躊躇《ちゅうちょ》している。少し考えて理由が分かった。泣き腫らして見られた顔ではなくなっているのだろう。

「わたしなら大丈夫です。少し落ち着きました」

「そうか」

志木は言葉を探しているように見えた。

「班長から伝言がある。『規程では忌引きは七日間』だそうだ」

「葬式が済み次第、現場に復帰すると伝えてください」

「折角だ。七日間きっちり休んだらどうだ」

昨夜から今朝にかけて泣くだけ泣いた。気分はともかく、取り敢えず人前には出られそうだ。ひと晩明けると悲しみ以外の感情も生まれた。七日間も泣き暮らす訳にはいかない。

「わたしの父親が三人目です」

瑠衣が言わんとすることを理解したらしく、志木は浅く頷いた。

「これでヤマジ建設の関係者が三人続けて亡くなりました。手口はどれも同じ、事故に限りなく近い殺人です」

「ああ」

「もう間違いありません。一連の事件はヤマジ建設に関連しています。きっと動機も、犯人も」

「ああ」

気のない返事だった。

「葬儀が終わり次第、もう一度ヤマジ建設本社に出向きましょう。あの妻池という秘書、何かを隠しているような気がしてならないんです」

「分かった。だけど今は親父さんと一緒にいてやれ。葬儀の段取りや区役所に提出する書類で忙しくなる」

「お気遣いありがとうございます」

最低限の申し送りが済むと、志木はそそくさと帰ってしまった。いくら人の死に慣れている刑事でも、今回のような例は滅多にないから対応に困っているのだろう。

誠也の解剖は午前中で終わった。死因はやはり頭蓋骨陥没による脳挫傷で他に外傷はなかった。瑠衣は発行された死体検案書を携え、区役所に死亡届を出す。その際に火葬許可証発行の申請も同時に行う。担当者の説明は事務的で却《かえ》って助かった。こちらを慮《おもんぱか》る素振りを見せられたら麻痺した感情がぶり返しそうになる。

葬儀の一切合切は葬儀会社に丸投げした。さすがに心得たもので、葬儀会社の担当者はこちらが悲しみに浸る暇も与えずにあれこれと指示してくる。葬儀の案内状と香典返しの選別、印鑑と遺影と家紋の用意、式次第の説明、そして遺体安置の打ち合わせと切れ目なく続く。

監察医務院から戻ってきた誠也の頭はかなり修復されていた。生前のままとはいかないまでも、対面した参列者が慄《おのの》かない程度には戻っている。元より厳《いか》つい顔をしていた誠也だから、このくらいで許してくれるのではないか。

葬儀の形式を一日葬にしたので、通夜は瑠衣が一人で行うことになった。葬儀会社との打ち合わせも終わり、再び誠也と二人きりの夜を迎える。

白装束の誠也を見ていると、猛烈な後悔が押し寄せてきた。

ゆっくりではいけなかった。

話すのならあの夜でなければならなかった。自分と誠也の間にはもう時間が残されていなかったのだ。それを自分は見誤った。

お父さん。

ごめんなさい。

いつもこんな風にすれ違いばかりだった。

これ以上は身体を絞っても出ないと思っていた涙がまた溢れてくる。勘弁してくれ。脱水症状を起こしてしまいそうだ。

ただし病院での一夜とは異なる点が一つある。

犯人が憎い。堪らなく憎い。

宮脇の話では鉄骨の落下など起きようのない作業環境だった。もし落下事故が発生するとしたら人為的なものでしか有り得ないとも言っていた。

事故ではない。明らかに誠也は殺されたのだ。

今はまだ犯人も動機も不明だが、いかなる理由があろうとも許す気にはなれない。犯人は誠也ばかりか父娘のかけがえのない生活をも奪い去ったのだ。その罪は万死に値する。

幸いにも自分は警察官を拝命している。一般人とは違う。捜査権を与えられ、犯人に手錠を嵌《は》めることができる。拳銃の携帯も許可されている。

今この時間、犯人は眠っているのだろうか。もしもそうなら震えて眠るがいい。わたしが安眠を阻んでやる。

哀惜と憎悪を綯《な》い交《ま》ぜにして、瑠衣は一睡もできなかった。

翌日、葬儀はつつがなく執り行われた。参列者は百人超、警察関係者で宍戸たちの姿も見られたが、ほとんどはヤマジ建設の関係者で占められていた。

須貝の葬儀の時のような不測の事態も生じず、式は粛々と進められていく。ともすれば声を上げて泣きそうになったが、会場を埋めるヤマジ建設社員の姿が感情を抑えてくれた。

やがて弔辞の段になり、ヤマジ建設会長の山路領平がマイクの前に立った。

『藤巻くん、須貝くんに続き、今度は土木課の春原くんまでも不慮の出来事で命を断たれてしまった。唯々無念、その一語に尽きる』

山路は時折声を詰まらせながら弔辞を続ける。

『思い起こせば会社が日本列島改造論後の建設ラッシュと歩調を合わせるように発展した時期、春原くんは数々の現場を指揮し、小は一般住宅から大は巨大ダムまで、ありとあらゆる建造物を完成させた。ヤマジ建設になくてはならない人間だった』

たとえ死者を悼む場であっても、父親を褒められて誇らしくない子はいない。後には故人の人柄やエピソードが語られるものと見当をつけていた。

だが予想は外れた。

『どんなに困難な受注でも、現場に春原がいれば心配は無用と何度聞いたことか。まさに余人をもって代えがたき人材だった』

頭から冷水を掛けられた気分だった。『余人をもって代えがたき人材』とは藤巻にも捧げられた言葉ではなかったのか。

『埋めようのない損失であるのは百も承知しているが、それでも我が社は春原くんの遺志を継いでいかなければならない。商いの場所と生活の空間を提供し続けなければならない。道はまだ半ばで心許《こころもと》ないこともある。春原くん。どうか我々ヤマジ建設を見守ってくれ。君の願いを果たせるように、我々は社員一丸となって歩み続ける。ヤマジ建設代表取締役会長、山路頒平』

弔辞を終えた山路は自分の言葉に酔ったのか、わずかに顔を紅潮させていた。

一方、瑠衣は白けていた。山路の名調子に誤魔化されがちだが、喋っている内容自体は定型的で名前さえ差し替えれば大抵の弔辞に使い回せる代物だ。

誠也はヤマジ建設を愛していた。しかしヤマジ建設は誠也を愛してくれただろうか。

その答えが山路の弔辞だった。

ヤマジ建設にとって春原誠也は改めて彼のための弔辞を作る必要がない程度に、替えの利く部品だったのだ。

瑠衣は沸々と湧き起こる憤怒で、目の前が真っ赤になった。

三　愛別離苦

1

火葬場から戻った瑠衣は、骨壺の入った箱をいったん居間に運び入れた。

初めて知ったのだが骨壺には二寸、二・三寸、三寸、四寸、五寸、六寸、七寸、八寸のサイズがあり、二寸から四寸までは分骨・手元供養用、五寸から七寸までは納骨用、八寸は複数の納骨に使われる。瑠衣が選んだのは五寸サイズで自分が胸に抱いても違和感のない大きさだった。

遺骨は都内の納骨堂に収め、手元には残さないことにした。母親が亡くなった時も遺影しか残さなかったのだ。

死んだ人間を忘れなければ、それでいい。

生前、誠也自身が口にしていた言葉だったので、それに従うことにした。

五寸の骨壺は表示されたサイズよりも小さく見える。瑠衣は誠也の図体を見慣れているので尚更だった。

子どもの頃、精一杯見上げなければ顔が見られなかった。広い肩幅は威容を誇っていた。

その誠也がこんなに小さな壺の中に納まっているのが不思議でならない。一人きりの通夜では泣くだけ泣いた。火葬炉に送り出す寸前に顔を見納めた。台車から燃え残った遺骨を挟み上げもした。父親が死んだ事実をとっくに認識しているはずなのに、まだ感覚のどこかが認めようとしていない。

理由は分かっている。誠也が殺されなければならない理由も犯人も不明のままだからだ。不明のままだから悲しみや憤りの持って行き場がない。持って行き場がないから胸の底に巣くって心身を蝕《むしば》む。このままでは以前の自分に戻れない。いつまで経っても罪悪感に苛《さいな》まれ、正体不明の影に怯え続けなければならない。

見ていて、お父さん。

必ず犯人を捕まえてみせる。

誠也が安らかな気持ちで死んでいったとは到底思えない。犯人の逮捕は父親の無念を晴らすためだけでなく、瑠衣が以前の自分を取り戻すために必要な通過儀礼だった。通過しなければ自分は前に進めなくなる。

納骨を済ませた翌日、瑠衣は登庁した。

「忌引きは七日間あると言ったろ」

刑事部屋で顔を合わせた志木は呆れ顔で言った。

「普段、まともに休めない商売なんだ。こんな時くらいフルに休暇を使えばいいのに」

「もう、充分休みましたから」

「身体的なことだけじゃない。心の整理がついたかどうかを訊いている」

「似合いませんよ、志木さん」

虚勢など張りたくないのに、つい言葉が尖り気味になる。

「こんなのでいつまでも凹んでいたら父親に叱られます」

「無理されたら迷惑なのはこっちなんだがな」

「それより、会場の外で不審な動きをしていた参列者はいましたか」

誠也が死んだ衝撃は瑠衣の判断力を大きく殺《そ》いだが、宍戸をはじめとした専従班は冷静に仕事を進めてくれた。瑠衣がしたように葬儀に参列した者たちの行動を監視していたのだ。

会場内も同様だ。喪主である瑠衣では冷静な観察も困難なので、志木たちが参列者に紛れて周囲に目を配っていた。少しでも怪しい素振りの人物がいれば、尾行をつける算段もしていた。

だが志木の返事は期待を裏切るものだった。

「ゼロだ。お前は参列者全員の動きを見渡せる位置にいた。葬儀の席で心ここにあらずだったにしても、妙な動きを見せた参列者がいたか」

「いいえ」

「その答えが全てだ。特等席に座っていたお前にも、会場内をうろついていた俺たちにも不審な人間は見当たらなかった。そもそも参列者のほとんどはヤマジ建設の関係者だ。身元は最初から明らかだ」

薄々予想していたこととは言え、改めて告げられると落胆する。父親の葬儀というただ一度きりの機会に何の手掛かりも得られなかった事実が口惜しくてならない。

「もう復帰したのか」

面倒臭げな声に振り返ると、背後に宍戸が立っていた。

「規程で一週間と決まっているなら一週間休め。他の人間が同じ立場になった時、気兼ねしたらどうするんだ」

「与えられた休暇をどう使うかは、わたしの自由だと思います」

口に出してから後悔した。以前は上司に対して喧嘩腰になることなど一度もなかったというのに、誠也の死を境に自制心が薄れた気がする。

「……すみません、言い過ぎました」

「お前と休暇規程で議論するつもりはない。通達しにきただけだ」

「事件についてですか」

「春原《すのはら》。お前はヤマジ建設関連の事件から外す」

思わず耳を疑った。

「どうしてですか」

「どうして。お前は他の決まり事も忘れたのか。今回の被害者は春原の父親だろう。被害者の身内を捜査に参加させる訳にはいかない。当然の話だ」

途端に顔が熱くなる。激情に駆られて基本的なことをすっかり失念していた。

束の間の逡巡《しゅんじゅん》の後、瑠衣は宍戸を正面から見据えた。

「班長、特例を認めてもらえませんでしょうか」

「何にでも特例はあるが」

宍戸の目には呆れを通り越して非難の色が浮かんでいる。

「特例を認める理由は何だ。父親の敵《かたき》を討ちたいか。それとも途中まで担当していた事件は自分の目で終結を見届けたいか」

二つとも正解だが、あまりに直截《ちょくせつ》な物言いなので素直に頷《うなず》けない。もちろん宍戸は計算済みに違いない。

「どちらにしても極私的な理由だから、特例を認める事由には当て嵌《は》まらない」

「わたしが抜けた穴はどうするんですか。専従捜査員が減る一方じゃないですか」

「心配するな。お前とバーターするかたちで横沢をこっちに戻す。それで現状維持だ。問題ない」

「納得できません」

口調を抑えたが、意図せず声が大きくなる。

「春原誠也のことを一番知っているのはわたしです。わたしを捜査から外すのはマイナス要因でしかありません」

「客観的な視座を持てない時点で専従班としては失格だ。私情で溢れ返っている刑事を現場にやれるか」

「ですが」

「第一、身近過ぎる存在だから家族からの情報は鵜呑《うの》みにできない。それぐらい、お前だって承知しているだろう。今のお前には自分が見えていない」

昼行灯《ひるあんどん》と陰口を叩かれようが班長だ。部下の長所も短所も知っている。瑠衣が理詰めにされると反抗できない性格であるのを見抜いている。

「お願いします」

「駄目だ」

「班長」

「いくらお願いされても捜査員の配置については津村課長の専管事項だ。俺に言うのはお門違いだ。もっとも課長に直談判したところで黙殺されるのがオチだろうがな」

悔しいが宍戸の言う通りだ。一課を束ねる津村はマニュアルからの逸脱を一切許さない主義の持ち主で、同じ公務員でも警察官より役人の方が似合う男だ。瑠衣の申し出など歯牙にもかけないだろう。

「勘違いしているみたいだから念を押しておくが、お前を捜査から外すのは専従班の能力を削減するのが目的じゃない。逆だ。私情なんていう夾雑物《きょうざつぶつ》を除外して一刻も早く犯人を挙げるためだ。それを忘れるな」

ここで肩の一つでも叩かれたら思いきり撥《は》ね退《の》けてやろうかと考えたが、宍戸は指一本伸ばす素振りも見せなかった。

「大量毒殺事件とバス爆破事件、捜査がどこまで進んでいるかは資料を読んでおけ。それでも不明な点があれば桐島班の誰かに訊けばいい。葛城《かつらぎ》あたりなら懇切丁寧に教えてくれるだろう」

言い終わると、宍戸は踵《きびす》を返して去っていく。瑠衣の思惑など一切気に留める様子はない。

「そういうことだ」

宥《なだ》めるつもりかもしれないが、志木の言葉には繊細さの欠片《かけら》もない。

「知ってたんですね。わたしが専従班から外されること」

「知ってたも何も、お前が規程を忘れていただけの話だ。それだけ頭に血が上っていたのさ。班長はああいう言い方だからカチンとくるだろうが、言っていることは正当だ」

「正当過ぎて建前にしか聞こえません」

「皆の見ている前じゃ建前しか話せんさ。ほれ」

志木は部屋の中央を指す。そこには宮藤《くどう》と葛城の姿があった。早速、向こうの捜査の進捗《しんちょく》状況を訊いてこいという指示だ。

「実の父親があんな目に遭ったんだ。思うところはあるだろうが従っとけ。上司命令だからな」

「志木さんは引き続きヤマジ建設関連の事件を担当するんですよね。だったら、そっちの進捗状況を逐次教えてくれませんか」

「捜査資料読めば済むことだろ」

「現在進行中の情報が知りたいんです」

志木は面倒臭そうに眉を顰《ひそ》めたが拒みはしなかった。

瑠衣は自席に戻って、データ化された大量毒殺事件とバス爆破事件の捜査資料を開く。だが目で文字を追っていても頭が情報を整理できずにいた。

捜査一課には容疑者の嘘を見破るのを得意とする者や全く尾行が気づかれない者など一芸に秀でた者が少なくないが、葛城の得意とするところはまるで刑事であることを感じさせない風貌だろう。誠実そのものの面立ちは他の商売に鞍替えした方が成功しそうに思える。瑠衣が捜査状況を質問すると、嫌な顔一つせずに説明してくれた。

「すみません、葛城さん。手間を取らせて」

「構いませんよ。春原さん、忌引きで休んでいましたからね。こっちの事件は数日でずいぶん展開しますから」

「もう、容疑者も特定できているんですよね」

「ええ。あとは物的証拠を集めて本人を追うだけです。だから刑事部長は人海戦術を考えています」

特定された容疑者を追い詰めるのなら兵隊は多い方がいい。一方、まだ連続殺人とも断定されていないヤマジ建設関連の事件は焦点を定めないまま捜査員を動かしても無駄になる。限られたマンパワーを効率よく発揮させるという観点で、一課長の判断は妥当と言わざるを得ない。

「お父さんはお気の毒でした」

葛城は神妙に頭を垂れた。

「いえ……お心遣いありがとうございます」

「休暇規程で定められた日数を丸々使わなかったんですね」

「宍戸班長から叱られました。他の者に示しがつかないから、ちゃんと休めって」

「僕が春原さんの立場だったら同じことをしますよ、きっと」

はっとして葛城を見る。

刑事らしくない善人の目がこちらを案じていた。

「お察しします」

「同情してくれるんですか」

「肉親を殺されたことがありませんから同情というのは僭越《せんえつ》でしょうね。ただ春原さんの悔しさくらいは想像できます」

お為ごかしでないのは彼の目を見て分かった。

「じゃあヤマジ建設関連の事件から外された悔しさも理解してくれますか」

我ながら嫌味な質問だと思ったが止められなかった。

「自分の手で犯人を捕まえたいという気持ちは当然です。しかし組織の一員である限りは決定に従うしかありません」

「結局、葛城さんも宍戸班長と同じなんですね」

「すみません」

葛城はひどく傷ついたようだった。

それを見た瑠衣は激しい自己嫌悪に襲われる。父親の敵を討ちたい一心で捜査本部に戻ってきたが、上司や同僚から私怨を窘《たしな》められた上に己は周囲に毒を吐いている。みっともないったらない。

「わたしこそ失礼なことを言ってしまって」

葛城のような何の悪意もない人間も不快にさせた。つくづく今の自分は最低だと思い知らされる。

瑠衣は葛城たちに合流して富士見インペリアルホテル周辺での訊き込みを続けながら、ヤマジ建設関連の事件について進捗状況を確認する。もっぱら志木から情報を訊き出すだけだが、志木は嫌そうな顔をしながら知っていることは洩れなく開陳してくれているようだった。

誠也の頭上を襲った鉄骨は三トンもの重量があったという。誠也が着用していたのはＦＲＰ製の飛来落下物用のヘルメットで、元は軍用だった優れものだ。だがどんなに頑丈なヘルメットでも三トンもの重量の前では紙細工のようなものだ。実際、誠也の頭蓋骨は完全に陥没してしまった。

「鉄骨をクレーンで運搬していたのは楠木《くすのき》という作業員だ。作業には慎重にも慎重を期して四本吊りの目掛けで対応していたらしい」

「目掛けって何ですか」

「親父さんの専門分野だぞ」

「娘だからって知らないことの方が多いですよ」

「目掛けってのはクレーンのフックにワイヤーロープのアイを掛けるやり方で、ロープの数によって一本吊り、二本吊り、四本吊りなどがある。事故発生当時は四本吊りにしていた」

「つまり鉄骨を四本のワイヤーロープで固定していたんですね」

「これが最も標準的で安全な掛け方らしいな。だが、それでも鉄骨はロープから外れて落下した。しかも途中には落下物を受け止める防護板があったにもかかわらず、選りに選って撤去された部分をすり抜けてしまった。言わば二つの『まさか』が重なったことになる」

「いったい何が原因だったんですか」

「それを調べている最中だろうが。だが現状、ワイヤーロープが千切れた形跡はない。クレーンのフックが金属疲労で鉄骨の重量に耐えられずに捥《も》げた訳でもない」

「一連の作業を取り仕切っていた人間から事情聴取しましたか」

「何しろ作業主任者だった人物が、もう証言できない。お前の親父さんだからな」

「どうして」

「まだだ」

「現場の責任者なのは聞いてましたけど作業主任者でもあったんですか」

「作業主任者というのは労働安全衛生法が選任を義務づけている資格者だ。厚生労働省はこう定義している。『法令に基づき労働災害・職業性疾病を防止するための管理を必要とする一定の有害業務等について、都道府県労働局長の免許を受けた者又は都道府県労働局長若《も》しくは都道府県労働局長の指定する者が行う技能講習を修了した者のうちから事業者の選任を受けて作業の指揮等を行う者』。それだけじゃない。親父さんは重機の運転免許も含めて数々の資格を取得している。現場じゃ資格コレクターとか呼ばれていたそうだ」

瑠衣の知らない事実だった。会社の業績はともかく、己の自慢話を吹聴する父親ではなかったから取った資格の数など娘の知りようもない。

「作業員たちの証言を聞く限り、労働安全衛生規則およびクレーン等安全規則に関しても逸脱や違法行為は認められない。強いて言えば、作業員が定められたマニュアルに従っていた上で事故が発生したのなら、その責任の所在は作業主任者に帰する。つまり親父さんを死なせた責任は親父さん本人にあるという結論に落ち着く」

「そんな馬鹿な話、ないです」

「俺も馬鹿な話だと思うが、鉄骨落下の原因が他に見つからない限りそうなる公算が大だ。つまり単なる事故扱いにされた上で、事故は親父さんが自ら播《ま》いたタネということになる」

聞いている最中から呼吸が浅くなる。

責任の所在は誠也にあるだと。

自ら播いたタネだと。

ふざけるな。

「絶対に事故じゃありません」

「同じヤマジ建設の中で三度も同様の事件が起きている。二度続くのは偶然かもしれないが三度も続けば必然だ。刑事なら誰だって親父さんが過失事故で死んだなんて考えない。だが捜査は物的証拠で方向が決まる。このまま目ぼしいブツが出なかったら捜査は事件性なしで進む」

「やっぱり、わたしを戻してもらうよう一課長にお願いを」

思わず腰を浮かしかけたのを志木が手で制する。

「春原。お前、そんなに自分の班の人間が信用できないのか」

「そんなこと言ってません」

「言ってるのと同じなんだよ。お前が加わろうと加わるまいと、宍戸班の仕事は変わらない。事件性がなければ事故の面から捜査する。事件性が認められれば徹底的に捜査する」

毅然とした言葉に何の反論もできない。瑠衣は父親の無念を晴らしたい一心だが、宍戸たちは事件解決を犯人検挙と治安維持に向けている。所詮、私怨は公益に勝るものではない。

「鑑識も分析作業に懸命だと聞いている。あいつらもヤマジ建設社員の三人が偶然事故に遭ったなんて話を信じていないからだ。春原だって鑑識課の優秀さを知らん訳じゃあるまい」

今までも鑑識の働きにはずいぶん助けられた。それどころか鑑識の報告なしには一歩も動けなかった事件もある。今更、彼らの実績と能力は疑いようもない。

「今は黙って進捗を見守っていろ。言っちゃあ何だが、お前はもうリングの外だ」

リング外なら野次を飛ばすくらいは許されるのだろうと反論を思いついたが、口には出さずにいた。

言いたいことはまだ山ほどある。だが、ここで志木に告げたところで愚痴にはなっても捜査の推進力にはなり得ない。瑠衣が口にできる言葉は限られている。

「よろしくお願いします」

「おう」

熱意の感じられない返事だが、元々志木は空元気や虚勢とは無縁の男なので却《かえ》って信頼できる。

瑠衣は頭を一つ下げて自席に戻った。


事件性の要件となる物的証拠の少なさは、最初から不安材料だった。更に目撃証言の少なさも捜査の進展にとってはマイナス要因だった。

建設工事の現場では四方を防塵ネットで囲むため、往来から中の様子は窺《うかが》えない。中で立ち働いている人間はそれぞれに割り当てられた作業に没頭しているから、何かの突発事でも発生しない限り目撃者にならない。事実、皆の視線が集中したのは、落下した鉄骨が誠也を直撃した瞬間もしくは直後だった。

昨今は建設機械にもＡＩが導入され、コンピューター制御されている重機はその作動状態を逐一記録している。問題のクレーンの作動記録を分析してみたが、鑑識課はそこに不自然な動作を見出すことができなかった。

捜査を進めれば進めるほど鉄骨の落下は事故である色合いを増していく。瑠衣は指を咥《くわ》えてその様子を見ているしかない。

大きな流れが決まったのは七月後半になってからだった。捜査報告書を作成していると宍戸から声を掛けられたのだ。

「今、いいか」

直感で父親の事件の話だと分かった。

「ついてこい」

命じられるまま席を立つ。宍戸は瑠衣を従えて移動するようだ。部屋の皆には聞かせたくない話であるのは間違いない。

別フロアの一室に落ち着くと、宍戸はいきなり切り出した。

「鉄骨落下は事件性なしと判断されるだろう」

前々から危惧していたことだが、改めて通告されると燻《くすぶ》っていた怒りが再燃した。

「ヤマジ建設関連の事件が三つも続いたのに事故扱いですか」

「偶然にしても続き過ぎというのは承知の上だ。ブツが出ない。重機を弄《いじ》った形跡もない。被害者を憎むヤツもいない。導き出される結論は不慮の事故でしかない」

父親の死をただの事故で片付けられて堪るものか。

「工事現場で作業していた人たちから疑問は上がってないのですか」

「こういう言い方は何だが建設現場での事故は別段珍しいことじゃない。無論、作業員は入念なチェックを怠らずに働いているが所詮は人間だ。想定外のミスも生まれる。他の仕事なら許されるような小さなミスでも、扱っているのが重機や危険な資材なら大事故に繋がりやすい。どんなに注意していても事故は起きる。それがニュース沙汰の事故になるかケアレスミスで済むかだけの問題だ」

「納得できません」

「遺族ならそう言うだろうな。しかしこの庁舎内でのお前は捜査一課の刑事で、俺の部下だ。納得しなきゃならん」

言葉とは裏腹に権限を笠に着た口調でもなく、さりとて慰撫《いぶ》するでもない。強いて言えば努めて事務的に伝えようとしているように聞こえる。宍戸なりに気を遣ってくれているのだ。

だが確認しなければならない点がある。

「また圧力がかかりましたか」

「知らん」

わずかに怒りの響きがあった。

「今回は何の噂も聞いていない」

聞いていないと言うだけで、圧力があった可能性は否定しない。疑えばどこまでも疑えるが、宍戸が答えなければ真偽は不明だ。

「とにかく、もうお前は鉄骨落下の件に拘わるな。話はこれで終いだ。部屋に戻れ」

拳を振り上げたい衝動を抑えて部屋を出る。廊下を歩いていても、腹の底から湧き上がる憤《いきどお》りと胸を潰しにかかる失意で視界が狭まる。

いったん捜査本部が事件性なしと断定してしまえば、前の二件との関連が見出せない限り再捜査される可能性はない。現状の体制では事態が急転直下するとも思えず、誠也の死は闇に葬られてしまう。

何か方法はないのか。

考えようとしても感情が昂《たかぶ》るばかりで少しも思考がまとまらない。

自分の席に戻っても、まるで仕事にならなかった。

2

翌々日は非番だったが、瑠衣はいつもと同じ時間に目覚めた。

パジャマのままキッチンに向かう。以前は香っていたベーコンエッグの匂いも今はしない。

小さめの容器に卵を割って入れる。慣れないせいか指に卵白が付着する。舐め取ってからフライパンにベーコンを並べ、中火にかける。誠也は『弱めの中火』と言っていたが、その加減がまだよく分からない。ベーコンから出てきた余分な脂をペーパータオルで拭きながら一〜二分間焼く。ベーコンの下面に薄い焼き色がついたら返し、卵を静かに入れる。更に火を弱くして三分ほど焼くのだが、好みの半熟加減にするのが難しい。三日続けてみたが誠也の作るベーコンエッグには程遠い。今日は焼き過ぎてベーコンの下面が焦げ、黄身が固まってしまった。

あと何回挑戦すれば誠也の味を再現できるのだろう。いや、ひょっとしたらあの味は二度と再現できないのかもしれない。食材や分量や調理法だけで味が決まるのではない。誠也が作ってくれたからこそのベーコンエッグだったのだ。

駄目だ。思い出すと泣きそうになる。今日は塩も多めに振ってしまった。これ以上しょっぱくしてどうする。

文句を言ってくれる相手もいないテーブルで、もそもそと咀嚼《そしゃく》する。

洗顔と歯磨きの後、メイクと着替えを済ませる。ジャケットを羽織ると仕事モードに切り替わった。

貴重な休暇だ。だから好きなように過ごす。お一人様のちょっと豪華な食事を楽しむのも自由、気になっていた映画を観てもいい。

もちろん事件関係者の許《もと》を訪ねてもいい。ただし刑事としてではなく春原誠也の遺族として。それなら宍戸も文句は言うまい。

「行ってきます」

誠也の遺影に手を合わせてから玄関を出る。

『とにかく、もうお前は鉄骨落下の件に拘わるな』

すみませんね、班長。

部下なら納得しなきゃいけないのは分かっています。でも、わたしはあなたの部下である前に春原誠也の娘ですから。

捜査本部が事故と片付けるなら自分が覆してやればいい。志木たちが探した跡を調べ直すことに申し訳なさはあっても逡巡はない。

失意を怒りに変えて瑠衣は目的地を目指した。

訪れたのは巣鴨白山通りの住宅地、鉄骨が落下した工事現場だった。病院に駆けつけてからすぐ葬儀の準備に忙殺され、その後は担当から外されたために誠也が死んだ場所に足を踏み入れるのはこれが初めてだった。ヤマジ建設本社も勤め先には違いないが、現場責任者だった誠也にはこちらの方が仕事場という印象が強い。

覗いてみると、四方を防塵ネットで囲まれているせいで陽射しが抑えられ、中は程よい明るさが保たれている。既に作業が始まっており、重機の音と作業員の声が絶え間なく交錯している。こうして立っているだけでも足の裏に建機の振動が伝わる。

周囲には騒音だろうが、散々誠也から建設業の意義を教えられた瑠衣には槌音《つちおと》に聞こえる。検視官の見立てでは誠也は即死だったらしい。生涯をかけた現場で死ねたのなら本人は本望だったのかもしれない。

事故の第一報を寄越してくれた宮脇とは事前に約束を取りつけていた。二人は防塵ネットの外に出て、日陰に入る。

「二十分ほどしか時間が取れないこととこんな場所しかないことを、まずお詫びします」

低頭した宮脇に対し、瑠衣は更に深く頭を下げる。

「わがままを言ったのはこちらですから」

「春原監督が亡くなった時の状況についてでしたね。しかし他の刑事さんにもうお話ししましたよ」

「今日は警察官としてではなく遺族として伺いました。父親がどんな最期だったのか、見ていた人から直接訊きたいんです」

「なるほど。それは確かにそうですよね。あ、ちょっと待っててください」

宮脇は道路脇の自動販売機で缶コーヒー二つを買い、うち一つを瑠衣に手渡す。

「度々すみません、近くに喫茶店でもあればよかったんですが」

無理を言って作業の手を止めさせたのは自分なので、瑠衣は恐縮するしかない。

「葬儀の場で山路会長から『どんなに困難な受注でも、現場に春原がいれば心配は無用と何度聞いたことか』と弔辞をいただきましたが、まさか会長が個人的に現場の父を知っているとは思えません。あれは社交辞令のようなものだったのですか」

「いや、それは誤解ですよ。今でこそヤマジ建設は中堅ゼネコンに名を連ねていますが、創業当初は従業員二十人の小所帯でした。春原監督が入社した時分は会長も従業員を引き連れて飲み歩いていたそうですから、個人的に人となりを知っていたのは嘘じゃないと思いますよ」

「ザ・昭和という感じですね」

「平成令和と時代が進んでも土建屋というのはどこか泥臭さが残っているんで、中《あた》らずと雖《いえど》も遠からずですかね。作業中は何かしらの危険が伴うので同僚というより戦友という色合いが強いように思います」

戦友とはまた古色蒼然としている。昭和どころか戦中ではないか。

宮脇はひと息吐《つ》いてから話を続ける。

「春原監督は土木課長という立場でありながら本社の椅子でふんぞり返るのを良しとせず、可能な限り現場で指揮を執っておられました。お蔭で作業員と同じかそれ以上陽に灼けていて、そういう上司には皆がついていきます。もちろん中には近過ぎる距離感が苦手な社員もいますが、概して春原監督を悪く言う者はいません」

娘の前で故人の悪口を言う人間はいないから、これも多分に社交辞令なのだろうと思った。

「言っておきますけど」

こちらの顔色を窺っていたらしく、宮脇は少し心外そうに釘を刺した。

「あなたが娘さんだからお世辞を言っている訳ではありませんよ。春原監督は上司としても人としても信頼のおける人物でした。会長が弔辞で申し上げた人物評は現場で働く我々の総意でもあります。どんなに困難な受注でも現場に春原監督が立っていれば皆、安心したものです。だから春原監督があんなかたちで亡くなった時、現場からは社葬にしてほしいという声が上がったくらいです」

「それは初耳です」

「ですが、既にそちらの方で葬儀の段取りが進行中とお聞きしたため断念しました。会長のお言葉だったんです。『期せずして告別式には会社の主だった者が参列した。それで充分じゃないか。今までこれだけ会社に尽くしてくれた春原課長だから、最後くらいは娘さんと親子水入らずにしてやろう』」

「それは本当ですか」

「こんな話、嘘を吐いてもしょうがないでしょう」

宮脇は熱く語っているが、誠也の葬儀以来、すっかり会社不信に陥った瑠衣は鵜呑みにすることができない。宮脇自身は善人かもしれないが、山路会長もそうだとは限らない。

「会社での父の評判は分かりました。事故当時の状況を教えてください」

「では、その位置をお伝えした方がいいでしょうね」

宮脇は現場の中に取って返し、予備のヘルメットを持ってきた。

「中ではヘルメット着用です」

現場には鉄と土埃、そしてセメントの臭いが充満していた。舞い上がる塵が陽の光を浴びて白く輝いている。

宮脇は瑠衣とともに防塵ネットを背にして四メートル先を指差す。

「春原監督はちょうどあの辺りに立っていました。あの位置からだと全方位の作業状況が把握できますから。そして、その真上」

宮脇の指は階上を指した。

「万が一、資材や道具が落ちてきても作業員に当たらないよう防護板が敷いてあります。ただし作業上資材を上げ下ろしする必要があるので、全面に敷き詰めるのではなく真ん中を空けています」

防護板の隙間の真下が誠也の立っていた位置になる。

「落下した鉄骨は、偶然あの隙間をすり抜けて父を直撃したんですね」

「鉄骨の端でも防護板に接触すれば落下地点がずれた可能性があります。不運としか言いようがありません」

「鉄骨はワイヤーロープで四カ所が固定されていたんですよね」

「ええ。四本吊りという固定法です」

「そんな固定の仕方でも鉄骨が滑ることがあるんですか」

「本当に稀《まれ》なんですけどね。鉄骨にオイルや砂が付着していて滑ってしまうこともあるんです。だから運搬には細心の注意を払い、尚且つ防護板を張っている訳です」

それでも事故は起きた。

「滅多にないことが二つも重なると、やはり不審がられます。そうでなくてもヤマジ建設の社員二人が連続して死んでいるのだから警察が疑うのも無理ありません。瑠衣さんも疑念があって、現場に来られたんでしょう」

「疑念があるというより、何事にも慎重だった父がそんなとんでもなく確率の低い事故に遭ったという事実が納得できないんです」

「結局、疑っているじゃないですか」

宮脇は苦笑しながら言う。

「わたし自身、現場で想定外の事故に遭遇したことは何度かあります。別の言い方をすれば想定外だから事故なのですよ。予想されるリスクは事前に想定している訳ですからね」

何やら言い訳のようにも詭弁《きべん》のようにも聞こえるが、無事故とマニュアル遵守を掲げた現場としてはそう明言せずにはいられないのだろう。刑事部長が年頭挨拶に掲げる標語と似たようなものだ。

「わたしは春原監督と同じ工区にいました。背後で盛大な音がして、振り向いた時にはもう春原監督が鉄骨の下敷きになっていました。慌ててクレーンで鉄骨を撤去して１１９番通報したんですが、その、既に頭部はひどい有様になっていて……緊急連絡先として登録されていたあなたのスマホの番号に電話をしたのは、その直後でした」

素人目にも即死と分かる状況だったということだ。その場の光景を想像すると、また胸が搔き毟《むし》られた。

「救急車が到着して春原監督が搬送される際、わたしも同乗して病院に向かいました。後はあなたもご存じの通りです」

先刻から宮脇の様子を観察しているが、特に何かを隠しているような素振りは見せていない。

「分かりました。では当時クレーンを操作していた楠木さんに会わせてください」

「それは勘弁してくれませんか」

俄《にわか》に宮脇の表情が強張る。

「あの一件以来、楠木はすっかり萎縮してしまって、クレーンを操作できなくなりました。今は別の作業を振り分けていますが、できるだけ早く元の仕事に戻してあげたい」

「わたしと事故について話すとトラウマになるというんですか」

「楠木も春原監督を慕っていました。そういう人を、自分が運んでいた鉄骨で死なせてしまったのだから、受けたショックは想像するに余りあります。この上、春原監督の娘さんから責められたら立ち直れなくなりますよ」

「楠木さんを責めるつもりなんて毛頭ありません」

「あなたにそのつもりがなくても楠木が気にします」

気になるくらいが何だというのか。

こちらは肉親を失っているのだ。

昂りかけた感情を抑えて瑠衣は畳み掛ける。

「宮脇さんが同席されても構いません。少しでも行き過ぎた発言と思われたら途中で止めてください」

「そうまでして」

言いかけた宮脇が途中でやめる。どうやら彼の中でも葛藤があるようだった。

しばらく思案げだった顔がこちらに向けられた。

「いいでしょう。ただし休憩の残りを使いますので、それほど長い時間は取れません。それでもいいですか」

瑠衣の方に否やはない。時間が足りなければ何度でも足を運べばいいだけの話だ。

数分の中座の後、宮脇はヘルメット姿の青年を連れて戻ってきた。見た目は二十代後半で瑠衣と同世代、背伸びをしたかのように生やした口髭が却って幼く映る。既に瑠衣の素性を知らされているらしく、自己紹介する前からひどく恐縮していた。

「楠木昭悟《しょうご》です。春原監督にはずいぶんお世話になっていたのに、こんなことになってしまって」

「当時のことを教えてくれますか」

楠木は言葉を選ぶように訥々《とつとつ》と話し始めた。概要は志木から聞かされた内容と同じだ。定められたスケジュールと工程に従い、クレーンを操作していた。

「自分、二年前にクレーン・デリック運転士免許を取得していて、操作には結構自信があったんです。今まで大きなミスもなかったし。でも、その自信ていうか驕《おご》りがミスに繋がったんじゃないかと思うと、春原監督に申し訳なくて」

「鉄骨はどうしてワイヤーロープから外れてしまったのですか。四カ所も固定していたんですよね」

「四本吊りは確かに一番確実な吊り方ですけど、それでも上空で操作している時に突風が吹いたりするとバランスが崩れます。元々何トンもある鉄骨なので一度バランスが崩れると、もう石が坂を転がり落ちていくようなものです」

「あの日も突風が吹いたのですか」

「よく分かりません。鉄骨がぐらっとした瞬間に何がどうだったのか、すっかり記憶が飛んじまって……気がついた時には鉄骨が外れて落ちた後でした」

「クレーンの操作を間違っていたという可能性は」

そこまで言った時、宮脇が二人の間に割って入った。

「そういう質問はしないお約束ですよね」

「失礼しました」

「わたしも楠木も、この現場にいる者全員が散々警察の聴取を受けています。その上で事件性なしと判断されたんです。あなたが知らないはずはないでしょう」

宮脇はいくぶん遠慮がちに非難の目を向けてきた。

「お父さんを不慮の事故で亡くされたのはお気の毒ですが、その無念さを他人に向けるのはあまり感心しません。僭越《せんえつ》ですが、それは春原監督が最も嫌っていたことではありませんか」

卑怯だと思った。

宮脇の言葉に間違いはない。誠也はわがままや筋違いの正義を決して快く思う男ではなかった。そうした主義を家の中だけではなく職場でも発揮したのは想像に難くない。それはそれでいい。ただし、返す刀で言われるとこちらが惨めになる。

「警察にお勤めだと、こうした事故にも疑いの目を向けるのは仕方がないと思いますが、建設現場で働く者には事故が起きても当たり前なんです。だから、あなたの質問は何というか、ひどく神経に障ります」

「でも、わたしは警察官なので」

「先ほど、今日は警察官としてではなく遺族として伺ったと仰ったじゃありませんか」

追い詰めているのは自覚しているらしく、宮脇はあくまでも低姿勢を崩さない。だが、今は明らかに上司の遺族よりも現場の仲間の味方だった。

「他ならぬ春原監督のご遺族ですから正直に申し上げますと、春原監督が亡くなった直後、現場の人間は求心力をなくして半ば放心状態でした。心ここにあらずのまま作業に臨んで安全なはずがない。それでも葬儀が済み、ようやく皆に落ち着きが戻ってきた次第です」

「わたしのせいで、また皆さんの心を乱して仕事にならなくなるというんですか」

「はっきり言えば、そうなります」

迷惑だから早く出ていけ、の婉曲的表現だった。

「すみませんでした」

悔しい気持ちはあるが、恥ずかしさと父親への申し訳なさが先に立つ。

「まだ心の整理がついていなくて、色々と失礼なことを言ってしまいました」

「いえ、お分かりいただければ結構です。それでは我々は作業に戻りますので」

宮脇と楠木に頭を下げられると、瑠衣は退去せざるを得なくなった。

現場から出てしばらく歩いていると、敗北感が襲ってきた。善人で仕事熱心という建前で押し切られたかたちだが、とどのつまりは門前払いに近い。

単独で捜査をするのは初めてだったが、自分一人では鑑取り一つ満足にできなかった。敗北感に自己嫌悪が重なって気分は最悪だ。家を出た時の緊張感はものの見事に萎《しぼ》んでいる。

馬鹿、落ち込んでいる暇なんてあるか。

一度しくじったくらいでめげるな。初めて犯罪捜査の現場に駆り出された時、志木に励まされたではないか。思い出せ。

瑠衣は自分の両頬を叩いた。気合いを入れるとほんの少しだけ気が晴れた。

自宅に戻る電車の中でつらつら失敗の理由を考えてみる。やはり材料不足だったのは否めない。そもそも宍戸と志木から伝え聞いた情報だけを頼りに突撃したのが浅はかだったのだ。怒りに駆られて冷静な判断ができなかった。

ただしわずかではあるが収穫もある。クレーンを操作していた楠木という男だが、話している最中の仕草が引っ掛かった。終始落ち着きがなく、喋っている時も視線が泳いでいた。即断は禁物だが、あれは隠し事をしている容疑者と同じ仕草だ。楠木が何を隠しているかは不明だが、少なくとも春原監督の遺族には正面切って言えないことだろう。

楠木の個人情報と誠也との関わりを洗い出す必要がある。次の訪問は情報収集をして準備万端整えてからにしよう。

我ながら単純だと呆れるが、対策を思いつくと冷静さを取り戻した。電車を降り自宅に向かって歩き出した頃にはどこでランチを摂ろうかと考えていた。

だが次の瞬間、ささやかな夢想は雲散霧消した。

歩き慣れた道に立つカーブミラーにふと視線を移した際、十メートル後方をついてくる男の姿を見たのだ。

男の顔と服装に見覚えがあった。童顔で上等なジャケットを着ている。間違いなく同じ車両に乗っていた男だ。

平日の昼日中、カバンも持たずに歩き回る営業マンはいない。ちぐはぐさに気づいて記憶していた風体が瞬時に甦る。

捜査で尾行は何度もしたことがあるが、されるのは初めてだった。よくよく今日は初めてに恵まれているとみえる。だが解せない。

尾行されているとして目的は何だ。尾行しているのは誠也の事件に関係している者なのか。

確かめない訳にはいかない。

瑠衣は一計を案じて脇道に入る。地元住民か配達員しか知らない細くうねった道だ。道幅が狭いので、尾行対象に振り向かれたら誤魔化《ごまか》しようがない。

脇道に入ってからも男はぴったりとくっついてくる。もう間違いなさそうだった。深夜ではないからさほど危険な状況とも思えない。護身術の基本くらいは習得済みなので、格闘する事態になっても一方的な展開にさせない自信はある。

何度目かの角を曲がった直後に踵《きびす》を返す。

直進していた男と目が合った。

「あなた、何の用ですか」

男を正面から見据えて一歩踏み出す。

「わたしをずっと尾行していましたよね」

逃げるかとぼけるかのどちらかだと踏んでいたが、男は予想外の反応を見せた。

「尾行していたというのは少し違います。あなたとお話がしたくて、適当なタイミングと場所を探していました」

「ナンパならとんでもなく相手を間違えています。わたしは」

「春原瑠衣さん。警視庁刑事部捜査一課の刑事、ですよね」

踏み出したはずの足が反射的に後ずさる。

「あなた、誰」

「失礼、申し遅れました。東京地検特捜部の神川淳平《かみかわじゅんぺい》といいます」

3

神川が差し出した名刺と秋霜烈日《しゅうそうれつじつ》の徽章《きしょう》を確認しても尚、瑠衣は状況が呑み込めずにいた。検察官は元々身分証を持たない。従って名刺と徽章を提示してきた神川は信用できるにしても、何故選りに選って特捜部の人間が自分に接触してきたのか皆目見当もつかない。

「でもどうして特捜部がわたしなんかに用があるんですか」

「ご自宅を拝見させていただきたいのです」

「家宅捜索という意味ですか」

「そう取ってもらって構いません」

「容疑は」

「そんなにつんけんしないでください」

一転、神川は破顔する。肩書こそ厳《いか》めしいが、笑えばどこか幼さの残る好青年だった。

「あなた本人に容疑が掛かっている訳じゃないんです。とにかく詳細はご自宅で説明しますから」

半信半疑ながら公務中の特捜部に逆らう理由は持ち合わせていない。瑠衣は仕方なく神川を自宅に招き入れることにした。

出る機会を見計らっていたのだろう。瑠衣が許可すると、神川の背後から別の二人が姿を現した。

「お邪魔します」

律儀に一礼して、神川たちは家に上がる。

「まず誠也さんの書斎を拝見したいのですが」

「やっぱり容疑というのは父に対してですか。いったい父が何をしたというんですか」

「どうしても言わなきゃいけませんか」

思わせぶりな物言いが癪《しゃく》に障った。

「そんな気遣いしてくれるくらいなら、葬儀が終わった直後に来ないでください」

「以前から捜査はしていたのですが、誠也さんに事情聴取しようとした矢先に亡くなられたんです」

「令状、お持ちですよね」

瑠衣の求めに応じて神川が書面を取り出す。

正式には捜索差押許可状という。被疑者の名前、罪名、捜索対象場所、対象物、身体、押収物、有効期限等が記載されている。

瑠衣が最初に着目したのは罪名だった。

「有価証券報告書虚偽記載……」

「申し遅れましたが、わたしたちは特捜部の中でも経済班の人間です」

瑠衣も特捜部の概要くらいは頭に入っている。

特捜部はその捜査対象に応じて特殊直告班、財政班、経済班に分かれている。このうち財政班は主に東京国税局が告発する脱税事件を、経済班は会社法、商法、金融関係の刑事事件に加え、警視庁刑事部捜査第二課が送致する政治資金規正法違反、贈収賄、官製談合、その他企業犯罪である詐欺、背任、横領などの事件を担当している。つまり誠也に掛かっている容疑は背任や横領の類ということになる。

「意外そうですね」

「父は現場ひと筋の人間だったと聞いています。会社の経理に関わったことはないはずです」

「こちらもお父上が直接経理を操作したとは考えていませんよ」

「じゃあ、どうして」

瑠衣が食い下がると、神川は遠慮がちに口を開く。

「あなたも警察官なら令状の効力はご存じでしょう。まずは従ってください。説明は後ほどさせていただきますから」

丁寧に言われると毒気も抜かれる。令状があるにも拘《かか》わらず応じなければ公務執行妨害にされかねない。

父親の城を荒らされるのは娘として業腹だったが、警察官として渋々ながら従うことにした。

「誠也さんの死後、書斎の物を移動しましたか」

「工事現場で事故に遭ったのを聞いてから、ずっと手つかずのままです」

「できるだけ早く終わらせますから」

言い終わると、神川たちは書斎に入っていく。瑠衣同様に手慣れたもので、肉親の見ている前でも堂々と故人の部屋を漁《あさ》る。書棚や机の抽斗《ひきだし》はもちろん、書物の中やソファの底張りまで剥がす。どうやら文書類を探しているようだが、お目当てのものはなかなか見つからない。二十分もすると、隠せそうな場所はあらかた探し尽くしてしまった。

「次はリビングにお邪魔します」

瑠衣は精一杯迷惑そうな顔をしてみせたが、神川は毛ほども気にしていない様子でいる。

「さっき拝見した令状の捜索対象場所は自宅としか記されていませんでした」

「一般的な書き方ですよ。どこの部屋に何があるのか確定している訳ではありませんので」

「父の書斎だけじゃなく、家中全部という意味ですよね」

「はい」

「ひょっとしてわたしの個室もですか」

「見られて困るものは事前に除いておいてください」

「プライバシーを考慮してくれるのは、そこまでですか」

「ご同業みたいなものです。察してください」

警察もそうだが、検察の家宅捜索は徹底的だ。下着類にまで手を突っ込まれないのは、むしろ好意的なケースだろう。実際、瑠衣たちが家探しする際も似たような感覚なので文句を言える筋合いではない。

リビングにキッチン、瑠衣の部屋、そして浴室やトイレと隈なく探索して二時間弱、他の二人は段ボール箱に誠也の私物を詰めると、後を神川に任せてさっさと退去してしまった。

「あまり目ぼしいものは見つからなかったようです」

申し訳なさそうな口ぶりは、せめてもの謝罪のつもりか。

「当然です。だからはじめに言ったじゃないですか」

「それでも家宅捜索の必要があったんですよ。どんなに希薄な可能性でも一つ一つ潰すのは、警察も一緒でしょう」

「約束でしたね。詳しく説明してください」

「いいでしょう」

瑠衣はリビングのテーブルを挟んで神川と対峙する。

「お父上の仕事についてはどこまでご存じですか」

「さっきも言った通り、入社してからほとんど現場一筋で、社員の皆さんから全幅の信頼を置かれていました」

　部下だった宮脇から聞いた話を、そのまま伝える。身内を褒めるのは少し面映《おもは》ゆいが、誠也が部下から慕われているのを話すのはやはり誉《ほま》れに思った。

　だが神川の反応は薄かった。

「お父上に人望があったのは我々も承知しています。どんなに困難な受注でも、現場に春原監督さえ立ってくれていれば皆が安心した。まるで守護神みたいな存在ですね。ですが、勤めていたヤマジ建設については何をご存じですか」

「中堅ゼネコンとしか」

　いざとなると業態以外のことは呆れるほど知らずにいる。規模や社員数や手掛けた案件のいくつかは捜査の段階で聞き知ったが、煎じ詰めれば表面の数字だけだ。

「それが父親の職業に対する平均的な理解度だと思います。この国の建設業界というのは大手ゼネコン数社による寡占《かせん》状態と言っていいでしょう。国家的プロジェクトや都市の再開発は大手ゼネコンの持ち回りで、その下に中堅ゼネコンや零細企業がぶら下がっているかたちです。当然です。多くの公共工事が競争入札制度を採っていますが、巨大プロジェクトの競争入札参加条件を満たした企業となれば自ずと数は限られてきますし、そもそも蓄積された情報量とスキルに雲泥の差があるので、大手ゼネコンの寡占状態になるのも仕方のない話ではあるんです。すると中堅ゼネコンが大きな利益を得ようとすれば、こうした大手ゼネコンの下請けに甘んじるしかない」

　誠也が勤めていたヤマジ建設も例に洩れずということらしい。

「折しも今都内ではオリンピック・パラリンピック関連のビッグプロジェクトが多数進行してい

ます。競技場、宿泊施設、付随する商業施設と交通網の整備。オリンピック・パラリンピックが終わった後も再利用することを考え併せれば未曽有の国家的事業です。そして、この超大型プロジェクトも大手ゼネコンの寡占になっています。これが何を意味するかお分かりですか」

「中堅や零細はこれまで以上に大手ゼネコンの顔色を窺うしかありませんね」

「ええ。そこで中堅ゼネコンから大手ゼネコンへの猛烈な売り込みが始まる訳です。高級料亭での食事や接待ゴルフなんていうのは可愛い方で、一番効果的なのは実弾でしょうね」

「現金供与、ですか」

「無論、大っぴらにできるものではありません。贈賄側にしても帳簿に載せられるものじゃない。不明金に計上しても金額が大きければ税務署から目を付けられる。そこで裏ガネが登場する訳です」

ここまで説明されれば後は瑠衣にも理解できる。ヤマジ建設が経理を不正に操作して裏ガネを作ったと特捜部は疑っているのだ。

「裏ガネ作りの証拠があるんですか」

「きっかけは毎度お馴染みの内部告発でした」

神川は皮肉な笑いを浮かべてみせる。

「捜査情報につき相手側の大手ゼネコンの名前は伏せさせていただきますが、饗応された方も一枚岩という訳じゃない。組織が大きければ派閥も生まれるし、収賄できるのは一部の役員だけです。当然、彼らを羨ましく、または妬《ねた》ましく思う者がいて内部告発に至るという案配です」

「告発はいつ頃だったんですか」

「もう二年も前になります」

二年という長さに瑠衣は圧倒されるが、神川の話では数年越しの内偵は特段にめずらしいものではないらしい。

「ただの企業告発ならともかく、公共工事絡みの場合は政治家が介在しているケースが少なくないため、検察も慎重に事を進めていたんです。ただ、慎重に慎重を期していたつもりでしたが一カ所穴が開きました」

「情報が洩れたんですね」

「ええ」

神川が渋面を作る。

「内偵に気づくや否や、途端に先方のガードが固くなりました。と同時に、贈賄側であるヤマジ建設の方でも証拠隠滅を図った形跡があります。年度末にもなってないのに大量の文書を溶解したり……」

不意に神川が口籠《くちご》もる。

沈黙の意味はすぐに分かった。

「ヤマジ建設関連の事件とそれが重なるんですね」

「建築業者が裏ガネを作る一番手っ取り早い方法は工事費の水増しです。つまり使用する資材の数量や質を誤魔化す手法ですね。資材課長の藤巻亮二さん、経理課長の須貝謙治さん、そして土木課の現場責任者である春原誠也さん。通常、資材が現場で使用されるには購入↓経理計上↓現場搬入という流れになると思いますが、亡くなった三人はそのそれぞれのポジションの責任者です。もしヤマジ建設の裏ガネ作りが推測通り工事費の水増しによって行われたとしたら、三人が命を落とした理由は自ずと明らかでしょう」

口封じ。

忌まわしい言葉に憤怒が湧き起こる。

異議を差し挟まずにはいられなかった。

「待ってください」

「神川さんの話だと父が裏ガネ作りに加担していたことになります。父に限ってそんなことは有り得ません」

「誠也さんが実直な性格だったことは承知しています。しかし実直だからこそ不正に手を染めることもあります。殊に裏ガネ作りが日常茶飯事になっていた場合は罪悪感も芽生えない」

「偏見じゃないですか」

「そうとも言いきれません。たとえば今でこそ入札談合はれっきとした犯罪ですが、建設業界では長年慣習化していた時期があります。長年慣習化されて会社の正義とされていたものがひと晩で断絶できるほど企業は潔癖ではありません。そしてまた、企業人だからこそ長年の悪習に抗しきれなかったという見方もできるんです」

咄嗟《とっさ》に誠也の言葉が脳裏に甦《よみがえ》った。

『信じた俺が馬鹿だった』

あれは会社の正義と信じていたものを裏切られた企業人の慟哭《どうこく》ではなかったのか。須貝の葬儀で山路領平会長に向かっていったのは誠也なりのせめてもの意思表示ではなかったのか。

神川は急に神妙な面持ちになったかと思うと、瑠衣に深々と頭を下げた。

「誠也さんの亡くなった理由が贈賄隠しだとすれば、原因は我々の内偵が察知されたことに拠《よ》るかもしれません。仮にそうであったのなら、誠に申し訳ありません」

瑠衣は怒り心頭に発しながら、一方で意外な感に打たれる。まだ事件の全容が解明もされていないうちに、神川は特捜部の失態を認めているのだ。

「東京地検特捜部というのは、そんなに潔い組織だったんですか」

「特捜部ではなく、あくまでもわたし個人の気持ちです」

「謝罪よりも犯人を逮捕してください。その方が父も喜びます」

「それはわたしの任務ではありません」

一瞬、耳を疑った。

「特捜部が殺人事件を扱うこともありますが、今回はヤマジ建設の贈賄が主体です。元より経済班の我々は殺人捜査に着手する命を受けていません」

「そんな。贈収賄と殺人とどっちが重い罪ですか」

「軽重ではなく、単に担当の問題です。贈賄隠しを立証する延長線上で三人の死亡事故が発生しているので捜査は継続しますが、我々の目的はあくまでも経済事案なのです。第一、殺人事件はあなたたち警視庁捜査一課が追っている」

縦割りの弊害は検察庁にも発現しているのか。瑠衣は静かに失望する。

「せめて神川さんのチームとウチの班が合同捜査できるように、取り計らうことはできませんか」

「上申してみますが期待はしないでください。わたしはあまり上司に覚えめでたくないものですから」

これもまた意外な感があった。

「神川さん、有能なイメージなんですけど」

「買い被りですよ」

去り際まで神川は終始低姿勢だった。やはり普段の検察官から受ける印象とはずいぶん違う。上司に覚えめでたくないという言い草も分かるような気がする。

ただ神川が辞去した後も瑠衣の怒りは収まらなかった。


翌日、登庁した瑠衣は刑事部屋で宍戸を捕まえた。

「昨日、東京地検特捜部に家宅捜索されました」

報告を受けた宍戸はひどく面食らった様子だった。

「お前、何かやったのか」

「何の騒ぎですか、いったい」

二人のやり取りを聞きつけて志木までが近づいてきた。

瑠衣が特捜部訪問の日的と担当者の言葉を伝えると、宍戸は納得顔で頷いてみせた。

「ヤマジ建設による裏ガネ作りか。確かに口封じという動機なら死んだ三人が繋がる」

「ですが特捜部の捜査目的は贈収賄の事実から政治家の汚職を暴くことです。殺人事件については積極的ではないようです」

「殺人はあくまで贈収賄に付随する事件でしかない。それに関係者の口封じが目的というのは頷ける動機ではあるものの、肝心の物的証拠がない以上、どこまでいっても推測の域を出ん。犯人を捜すよりはカネの流れを追った方が早いし、特捜部の目的にも適う」

「だったらウチの班で動いてください」

「班で動くとしても、やはり動機の一つが浮かんだ程度だ。その動機で容疑者が何人に絞れると思っているんだ。ヤマジ建設は五人十人の小所帯じゃないぞ」

　瑠衣は返事に窮する。

「それにだ。いくら会社のためとは言え、いちサラリーマンが立て続けに同僚を殺害するか。もし実行するならヤクザにでも依頼した方が確実だし手っ取り早い。暴対法が制定されてずいぶん経つが、未だに建築屋と反社会的勢力の結びつきは根絶されていない」

「じゃあ、捜査二課や組対と連携して」

「地検特捜部が二年も前から内偵を続けていた捜査に、今更二課がしゃしゃり出たらあちらさんは何と思う。組対と連携しようにも現状ヤクザ者は一人として捜査線上に浮かんでいない。こっちもまだ想像の域を出ないからな。組対に話を持ち掛けるには圧倒的に材料が足りない」

　そして瑠衣を陰険な目で睨《ね》めつけた。

「そもそも、お前はヤマジ建設の事件から外れているだろう。外されている人間が近づこうとするな」

「でも」

「折角仕入れた情報だから無駄にはしない。それとも俺たちがそんなに信頼できないか」

最後の台詞は恫喝《どうかつ》に近いが、反駁《はんばく》を許されない類のものだ。卑怯だと思ったが、ここは引き下がるより他になかった。

自席に戻ろうとすると、志木から声を掛けられた。

「非番明けで登庁したと思ったら早速これか。本当に退屈しないヤツだな」

ぞんざいな口ぶりが却って瑠衣への気遣いを窺わせる。だが、今はそれを感謝する余裕もない。

「退屈している暇があるんだったら、ヤマジ建設と繋がりのあるヤクザ者を任意で引っ張ってください」

「班長の立場じゃ、確証のある話でなけりゃ課長に提案もできない。その神川という検察官が他にも情報を隠している可能性はないのか」

「少なくともそういう素振りはありませんでした」

「それならヤマジ建設周辺の鑑取りを徹底するしかないな」

尚も言い募《つの》ろうとする瑠衣を、志木は片手で制する。

「逸《はや》る気持ちも分からんじゃないが、それ以上の逸脱は却って自分を縛ることになるぞ。班長のあの言葉は結構マジだ。同じチームの身内が殺されたんだから本気にもなる。繰り返すようだが俺たちを少しは信頼しろ」

本来なら涙が出るほど有難い言葉だったが、思うように事が運ばない苛立ちが心を頑《かたく》なにしている。こんなに自己嫌悪を覚えたのは久しぶりのことだ。

「すみませんでした」

ひとまず謝罪をして席に戻る。こうしてこの日は焦燥と消沈で始まった。

課せられた仕事は相も変わらず富士見インペリアルホテル従業員および周辺での訊き込みだ。犯人がホテル内部の者ではないことは防犯カメラによって明白になった。容疑者の振る舞いと逃走経路を割り出すための作業だが、ホテル周辺はメインストリート沿いであるため往来も交通量も激しい。ひと月以上前に発生した事件の目撃者を探し出す作業は、干し草の山の中から針を見つけるのにも似ていた。

ホテル関係者への訊き込みも同様で、従業員が千人を超える職場では同僚全員の顔など覚えようがない。制服を着てさえいれば同じ従業員だと思い込んでしまう。大量毒殺という外見の派手さと容疑者の大胆さに比して目撃証言が極端に少ないのはそのせいだった。

何人もの対象者に同じ質問をし、空振りして次の対象者へ移る。繰り返していると、つい思考はヤマジ建設の事件に向く。今頃、志木たちは目ぼしい手掛りを得ているのか。特捜部の神川は贈収賄の流れをどこまで掴んでいるのか。

「春原さん」

ともに訊き込みをしている葛城の声で、瑠衣は我に返る。

「どうしましたか」

「いえ、あの……」

慌てて詫びたが、葛城は気遣わしげにこちらを覗き込む。

「気になりますか、ヤマジ建設の事件」

「すみません」

「春原さんの立場では仕方がないです。安易に同情されても迷惑でしょうけど、お気持ちはお察しします」

話していて不意に気づいた。神川からもおよそ従来の検察官とは異なる印象を受けたが、葛城もまた刑事には似つかわしくない風貌をしているのだ。

「春原さんの自宅に東京地検特捜部が家宅捜索に入ったのは聞き及んでいます」

「早耳なんですね」

「ウチの班長が地獄耳なんですよ」

「一課の中で隠し事はできませんね」

「詳細は知りませんよ。でも特捜部が建設業絡みで動いたとなれば、贈収賄関連だというのは大方推測できます」

「まさにそれでした」

「いったいこの国の建設業界というのは何なんでしょうね。令和の時代になったというのに、未だに政治家と癒着するだの裏ガネを作るだの、やっていることは昭和のままじゃないですか」

時代の流れや法律だけでは根絶できないものがある。宍戸の受け売りだが、今はしみじみ身に染みている。大手ゼネコンの拡大ぶりは今に始まったことではなく、巨大だから既得権益を得られているのか、それとも既得権益があるから巨大になり得たのか。瑠衣には判然としない。

「捜査範囲が政界にまで広がれば、それこそ検察庁でなければとても対応しきれない。宍戸班長のみならず津村課長が様子見を決めたのも無理からぬ話ですよ」

葛城は瑠衣だけではなく、全ての立場に対して理解があるようだ。きっと根っからの善人であり、他人を攻撃するのが嫌なのだろう。

しかし瑠衣は違う。葛城のようにできた人間ではなく、意見の違う者は疎《うと》ましく思うし、憎むべき人間にはひたすら憎悪を募らせる。こうしていても、父親を殺した犯人を八つ裂きにしてやりたいと心底から念じ続けているのだ。

4

「進捗、どうですか」

登庁して志木と顔を合わせる度にそう尋ねる。言うまでもなくヤマジ建設事件について捜査の進み具合を確認しているのだが、そろそろ志木も鬱陶《うっとう》しさを隠さなくなっていた。

「一日や二日そこらで、そうそう新事実が見つかるかよ」

「それだけ期待しているんです」

嫌な顔をされても瑠衣は聞くことしかできない。捜査に参加できない歯痒《はがゆ》さを紛らわせている自覚はあるが、現状は手も足も出ない。手も足も出せないのであれば見聞きするより仕方がない。

「俺に訊くのも結構だが、少しは自分でも情報収集したらどうだ」

「よくもそんなことが言えますね。わたしの立ち位置を知ってる癖に」

「どんな場所でも新聞は届くぞ」

志木がデスクの上に放り投げたのは本日付の経済新聞だ。

「読んだか」

「株に興味がないので」

「企業面に、お前の興味を掻き立てるような記事が載っている」

言われるままに新聞を開いてみると、すぐにその見出しが目に飛び込んできた。

〈ヤマジ建設株五日続伸〉

『ヤマジ建設株が堅調な動きを見せている。オリンピック需要で建設関連株が軒並み上昇している中でも、同社の前月比率は突出して高い。同社は晴海五丁目西地区第一種市街地再開発事業に平成二十八年四月に着手し、東京二〇二〇オリンピック・パラリンピックが終了した後も大規模集合住宅を建設する予定。その際には特定建築者制度を活用するため、同社が培ったノウハウが存分に生かせる。こうした背景を元に機関投資家の買いが殺到している模様（22面に会長インタビュー掲載）』

ページを繰る手ももどかしく当該紙面を開く。

あった。

満面の笑みを湛える山路領平が大写しになっていた。

『――ご多忙中のところをありがとうございます。

忙しいのはいいことですよ。わたしのような人間は暇があると碌《ろく》なことをしない。小人閑居して不善を為すと言いますからね。

――会長職というのは、時間に余裕があるものだと思っていました。

とんでもない。何か特別なことがない限りは、毎日終業時間まで会長室に雪隠《せっちん》詰めにされていますよ。

――業績好調ですね。

特に今が好調という訳ではなく、昨年度から蒔《ま》いていた種が花開いた感があります。一時の特需で賑わうのもお祭り感があって楽しいが、弊社は派手さよりは堅実さをモットーにしています。

――オリンピック・パラリンピック関連事業は特需ではないのですか。

再開発というのは都市の永遠の命題ですよ。今回はたまたまオリンピックとかちあったまでの話で、都主導による再開発事業という点では従来と何ら変わりません。

――中堅ながら、ヤマジ建設は公共事業で急成長した印象があります。

公共事業というのは政府の提唱している国土強靭化の一環でもあります。最新の耐震設計の下に建てられたビルは防災・減災の一助として国家のリスクマネジメントを背負っています。また、日本の産業競争力の強化であり、安全・安心な生活作りであり、それを実現する人の力を創ることです。急成長したのは国の方針と合致したからに他なりません。

――公共事業については、従来のハコモノ行政に対する批判や地域住民からの抗議がありますが。

成長にはある程度の犠牲がつきものです。今では大層悪いイメージになっている地上げも、商圏の再開発には必要不可欠な作業でした。バブル期のいささか強引な地上げで不遇をかこった人もいるでしょうが、再開発による商圏の発展で利益を享受した人が大多数です。生まれ変わった街を見てもらえれば、被害者意識を抱いているような人も納得してくれると信じています』

その後もインタビューは続いていたが、瑠衣は最後まで読まずに新聞を閉じた。

『成長にはある程度の犠牲がつきものです』だと。

『生まれ変わった街を見てもらえれば、被害者意識を抱いているような人も納得してくれると信じています』だと。

では、ヤマジ建設が大手ゼネコンから仕事を回してもらうために贈賄したのは堅実さの表れとでも言うのか。

誠也を含め、口を塞《ふさ》がれた三人が竣工した建築物を眺めて納得するとでも言うのか。

己の会社が発展し儲かるためなら、そしてそれが社会的意義に合致するのであれば多少の犠牲が必要だと。

ふざけるな。

死んだ三人がそんな戯言《ざれごと》を聞いて頷くと思うか。

湧き上がる憤怒で胸の内部が爛《ただ》れる。理性が感情に呑み込まれ、思考に靄《もや》が掛かる。

「おい、どうした春原」

傍にいるはずの志木の声が遠くに聞こえる。呼吸も浅くなる。

「おいったら」

「何でもありません」

新聞を志木に手渡し、瑠衣は報告書に視線を落とす。しかし目は字面を追うだけで内容が頭に入ってこない。

しばらくすると呼吸が元通りになり、パソコンのキーもまともに打てるようになった。

しかし感情はふつふつと煮え滾《たぎ》る一方だった。

ヤマジ建設本社に赴いた頃には、夕方になっていた。

瑠衣は正面玄関の見える位置で物陰に潜んでいる。玄関前には左右に警備員が二人。正面切って乗り込んでも排除されるのは分かりきっている。

終業後、こうして玄関前で張っていれば山路領平を捕まえられる。そう思い立ち、二時間以上、ここに立っている。張り込みは慣れているが、命じられた捜査ではないので罪悪感もある。

公私混同も甚《はなは》だしいとは思う。だが、じっとしていられない。昨日、神川から贈収賄疑惑の件を聞き、そしてまた今日、山路領平の傲慢さを知らされた。いったい取材をしたインタビュアーや記事を読んだ者は、何も思わなかったのだろうか。

あのインタビューには山路領平の信条と価値観が横溢《おういつ》していた。発展のためなら犠牲を厭《いと》わないというのは、あくまでも上に立つ支配者の論理だ。今まで踏み潰した人間の数さえ知らないに相違ない。いや、果たして踏み潰したのが人間だと認識していたかどうかも疑わしい。

山路領平の信条とは要するに選民思想であり、利己主義だ。己の会社が成長さえすれば、他は知ったことではない。社員の葬儀で述べた弔辞は歯が浮くような偽善の書だった。

山路領平とヤマジ建設に対する憎悪が理性を追いやり、今は山路領平本人と対峙すること以外に思い浮かばない。せめて自分が思いの丈を吐き出してやらなければ、誠也に合わせる顔がない。

午後七時を少し回った頃、玄関前に黒塗りのメルセデス・マイバッハが停車した。中には帽子を被った運転手しかいない。

間違いない、あのクルマだ。

果たして正面玄関のドアが開いて山路領平が姿を現した。前に回り込んで後部ドアを開いたのは秘書の妻池だ。

「お疲れ様でございました」

低頭する妻池を一瞥《いちべつ》すらせず、山路はマイバッハに乗り込む。

今だ。

瑠衣は脱兎のごとく駆け出し、マイバッハの前に両手を広げて立ち塞がった。

「あなた、何のつもりですか」

いち早く瑠衣を見咎《みとが》めた妻池が警備員たちに合図をする。瑠衣は彼らに捕えられる前に後部座席に走る。

「山路会長、わたしです。春原誠也の娘です。話をしてください」

「クルマから離れてください」

妻池の手が瑠衣の肩を摑む。驚いた。見かけによらず相当な握力で、片手だけで瑠衣の上半身を捉えてしまった。

「山路会長っ」

喉も裂けよとばかりに絶叫すると、目の前でリアウィンドウが下がり、山路が顔を覗かせた。

「名乗らなくても憶えていますよ。春原くんの葬儀で喪主を務めていたね」

「会長、窓をお閉めください」

「いや、いい。彼の娘さんなら話を聞かん訳にもいくまい。で、何かね」

「父が裏ガネ作りに加担していたというのは本当ですか」

それまで柔和だった山路の顔が心なしか固くなった。

「資材課の藤巻さんも経理課の須貝さんも贈賄に関わっていたというのは本当ですか」

「あなたは警視庁の刑事さんだったな。それは警察官としての尋問かね」

「違います」

「だろうね。警察官なら根も葉もないことを口にするはずない。いったい、そんな与太話をどこで仕入れてきたのかね」

まさか東京地検の検事の名前を出す訳にはいかない。これは最低限の守秘義務だ。

「わたしの勘です」

「父親が亡くなった憤りをどこかにぶつけたい気持ちは分かる。同じ会社で三件も事故が連続したから疑いたくなる気持ちも分かる。しかし何の証拠もなく父親の仲間を疑うのは、死んだ彼の本意ではあるまい」

仲間と聞いた刹那《せつな》、おぞましさが倍加した。

口封じに殺した相手を、まだ仲間だと言い張るつもりか。

「父の本意は真相を明らかにすることです」

「あれは不幸な事故死だ。不幸な事故死が三つ重なった。ただそれだけのことだ」

ただそれだけのこと。

瑠衣は反射的に手を振り上げる。小娘の平手だと高を括《くく》っているがいい。逮捕術は警察学校でひと通り習っているから、平手打ちでも男を悶絶させるくらいの威力はあるはずだ。

渾身の力を込めて振り下ろす。

だが山路の頬に届く寸前で腕を摑まれた。

「女の暴力刑事ですか」

妻池は腕を捻《ひね》り上げて吐き捨てるように言った。

「どうせなら、もっと鍛えておきなさい。あるいは女を磨くかしなさい。どちらにしても中途半端は美しくない」

リアウィンドウが閉じられていく。瑠衣が藻掻《もが》いている間に、マイバッハは静かに滑り出していく。

「待ちなさいっ」

瑠衣は再び大声を上げるが、山路を乗せたクルマはただ空しく遠ざかっていく。

「裏ガネだの贈賄だのと想像力が豊かなのは認めますが、会長に手を上げたのはいただけませんね。警察官としても、元社員の遺族としても」

妻池は感情の見えない爬虫類のような視線を浴びせた。

「会長はあの通り懐《ふところ》の深いお方ですが、身をお預りする秘書としては看過できません。警視庁に対して厳重に抗議します」

腕を振り払われた弾みでアスファルトの上に投げ出される。瑠衣は地面に顔を擦った。

「父娘揃って直情径行とは。似なくてもいいところが似るものだ」

肘を伸ばして立ち上がろうとしたその時、左右の腕を警備員たちに捉えられた。

「刑事さんを警察に突き出すというのも興があって宜しいのですが、こちらも忙しい身なので」

妻池は後ろも見ずにビルの中に消えていった。

「お前は三歩歩いたら忘れる鶏かあっ」

翌日、瑠衣は頭ごなしに怒鳴られた。

「再三、事件には近づくなと警告したよな。しかも選りに選ってヤマジ建設の会長に直談判するとは。正気か、お前。部長も課長も怒る以前に呆れ果てていた」

「ですが班長」

「お前に班長と呼ばれると恥ずかしくなる」

「会長に裏ガネ作りと贈賄の件を尋ねると態度が急変しました」

「身に覚えがなくたって、刑事からそんな話を切り出されたら大抵の会社経営者は顔色が変わるだろ。そんなもの証拠にも何にもなるか、馬鹿」

前回のように瑠衣に配慮した台詞は一つとしてなく、ひたすら罵倒と叱責が続く。

「相手に怪我がなかったから厳重抗議で済んだものの、山路会長に指一本でも触れていたらどうなっていたか。もっとも秘書一人に難なく取り押さえられたというのも別の意味で恥ずかしいがな」

恥辱で顔から火が出そうになる。

「東京地検から得た捜査情報の一部を、そのまま相手に吐き散らかしたのも失点だ。仮に真実だとしたら、ヤマジ建設はまたぞろ関係者の口封じに走る惧《おそ》れがある。もし新たな事故死や自殺者が出たらお前の責任になるんだぞ。分かっているのか」

「申し訳ありませんでした」

「もう、お前を庇《かば》いきれん」

宍戸は突き放すように言う。

「取りあえず今日は一歩も外に出るな。追って正式に処分が決まる」

瑠衣は悄然《しょうぜん》として頭を垂れる。

警察官の懲戒処分は次に挙げるものだ。
・免職
・停職
・減給
・戒告
また懲戒処分とまではいかなくても内規による軽度のものがある。
・訓告
・本部長注意
・厳重注意
・所属長注意
所属長である宍戸の指示に従わなかった程度ならせいぜい本部長注意だろうが、下手をすれば停職も有り得るかもしれない。いずれにしても履歴に傷がつくのは避けられないだろう。

瑠衣はすごすごと自席に戻って、パソコンを開く。処分が決定するまでは捜査報告のまとめ以外にすることは見つからない。首に縄の掛かった執行猶予のようなものだ。

部屋の同僚たちは、敢えて声も掛けずに瑠衣の後ろを通り過ぎていく。今回ばかりは志木すらも何も言わない。それが彼らなりの気遣いであるのは知っていたが、恥辱と自己嫌悪でいっそ消えてしまいたくなった。

この日は久しぶりに定時で帰宅した。何か不始末がなければ早く帰れない警察というのは、つくづく因果な商売だと思う。

自炊する気にもなれず、コンビニ弁当を温めて食べる。一人きりの部屋で間に合わせの食事を摂っていると、味気無さが否応なく胸に染みてくる。

食べ終わった直後、インターフォンが来客を告げた。

『アサヒ生命の望月《もちづき》という者です』

こんな時刻に飛び込み営業か。

「間に合ってます」

『お亡くなりになられた春原誠也様の件で参りました』

まさかと思いドアを開けた。

招き入れられた望月は、挨拶もそこそこに保険証券の写しを取り出した。誠也を契約者とした生命保険で、受取人は瑠衣になっている。

「危険な現場に立つこともあり、春原様は以前から保険を掛けていらっしゃいました」

考えてみれば自然な話だが、瑠衣には初耳だった。

「まだ遺品を整理しきっておらず、そんな保険があったことも知りませんでした」

「生前より、なるべく家族には言わないでくれとのご要望でしたので、関連書類は全てお勤め先に郵送しておりました」

死亡保険金の金額を見て少なからず驚いた。

「五千万円、ですか」

「亡くなられてからご報告に上がるまでに間が空いたことをお詫び申し上げます。手前どもの調査が終了するのに時間を要しました」

調査というのは保険金詐欺の可能性があるかどうかだろう。

「普通、遺族が請求しない限り、保険会社が進んで死亡保険金を支払うことはないですよね」

「ご自身が不慮の事故で亡くなられた時、保険が締結してある事実を遺族に伝えるよう、特約事項に定めてあったのです。請求されるか否かはご遺族の判断です」

望月は請求に必要な書類の一覧表を差し出した。

「以上、請求書から保険証券に至るまでの書類を提出していただければ、受取人様の申請手続きが済み次第、保険金は後日、ご指定の口座に振り込まれます」

契約内容を事細かに説明した後、望月は改めて頭を下げた。

「最後になりましたが、春原様は本当にお気の毒でした。心よりお悔やみ申し上げます。たかがおカネでご遺族の慰めになるとは決して思いませんが、故人のご遺志とお考えください。それでは失礼いたします」

きっとマニュアル通りに進めているのだろう。神妙な面持ちのまま望月は辞去した。

誠也の書斎を探すと保険証券の原本が見つかった。契約者の名前と金額を眺めているうちに視界がぼやけた。

誠也が生命保険の話を自分に打ち明けなかった理由は見当がつく。とにかくカネの話をするのが嫌いで、瑠衣が進学する時も警察官になりたいと打ち明けた時も学費や給料の話題には一切触れず、本人の希望と熱意だけを確認した。以前母親から聞いたところ、誠也自身が幼い頃から経済的な苦労を散々味わったため、娘にはカネの心配をさせたくなかったらしい。だから娘が何一つ不自由な思いをしないよう、仕事に励んでいたのだ。

だが誠也は思い違いをしている。

何よ、五千万って。

こんなおカネより生きていてほしかったのに。

保険金よりも会話を、証言を残してほしかったのに。

涙を滲《にじ》ませた時、再びインターフォンが鳴った。

望月が忘れ物でもしたのかとドアを開け、瑠衣は言葉を失う。

そこには鳥海《とかい》が立っていた。

四　遅疑逡巡

1

「今、いいか」

鳥海はどこか遠慮がちに訊いてきた。

「何かご用ですか」

「用事があるからわざわざ足を運んだ。それほど暇じゃない」

「わたしも暇じゃないんですけど」

「処分が決まるまで自宅待機を命じられたんじゃないのか」

一瞬、瑠衣は自分の耳を疑った。

「どうしてあなたがそんなことを知ってるんですか」

「それも含めて話がある。興味があるなら入れろ」

強引にもほどがあるが、興味があるのは否めないので渋々鳥海を家に上げる。

「邪魔をする」

意外にも礼儀正しく一礼し、鳥海はリビングまでやってきた。目聡く誠也の遺影を見つけると無言でその前に正座した。合掌する姿を見せられては制止することもできなかった。

鳥海が頭を上げたところで声を掛けた。

「さあ、教えてください。どうしてわたしが自宅待機を命じられたのを知っているんですか」

「あれははったりだ」

何の悪びれもなかった。

「もう忌引きが明けたっていうのにこんな時間に在宅しているのは、処分対象になったか大目玉を食らって謹慎させられているかのどちらかだろうと見当をつけた。どうやら図星だったみたいだ」

「わたしをからかって何が楽しいんですか」

「こんな口実でもなきゃ家の中には入れてくれないだろう」

「今すぐ出ていってください」

「話を聞いてからでも遅くないぞ」

こういうのを盗人猛々しいというのだろう。あまりの太々《ふてぶて》しさに言い返す気が少し失せた。

「五分なら」

「特捜部の神川淳平は紳士的だっただろう」

神川の名前を聞いた途端、瑠衣は鳥海の胸倉を摑み上げそうになった。はったりや勘で個人名が思いつくはずもない。

「どうしてあなたが神川さんを知っているんですか」

「あんたを尾行していた」

鳥海が差し出したのは一枚の写真だった。先日、神川に声をかけた際の瞬間を撮られている。

「いつの間に」

「あんたの親父さんが殺されてからだ」

「肖像権って知っていますか」

「その話を始めると五分じゃ終わらないぞ。どうしてあんたを尾行していたかも説明しないとな」

「……延長してもいいです。どうして神川さんの素性を知っていたんですか」

「昔、同じ事件で関わった。当時は特殊・直告一班に所属していたな。政治家の不正資金を暴くためにはるばるアルジェリアまで出かけてテロに巻き込まれた熱血漢さ。職務に忠実過ぎて色々失いはするが、優秀であることに間違いはない。現に贈収賄の臭いを嗅ぎつけて末端のヤマジ建設に辿り着いている」

「ヤマジ建設の有価証券報告書虚偽記載については捜査も起訴もするけれど個々の殺人事件については関知しないって」

「特捜部の本丸は国交族の収賄だからな。ヤマジ建設の有価証券報告書虚偽記載は傍証みたいなものだ。神川個人の職業倫理はともかくとして特捜部はあてにならないし、あてにする必要もない」

「どうしてですか」

「特捜部が捜査する以前に、三人を殺した犯人は判明しているからだ」

思わず腰が浮いた。

「それ、冗談ですよね」

「親父さんの遺影の前で言うような冗談じゃないな。失せもの探しと浮気調査専門の探偵の話は信用できないか」

「だって、ウチの班があれだけ歩き回って、まだ何の手掛かりもないのに」

「統率の取れた手慣れた警察官が動き回っても検挙率が十割になることはない。何故だか分かるか。警察が合法的にしか捜査できないからだ」

「何を言ってるのか理解できません」

「相手は目いっぱい違法行為を繰り返しているにも拘《かか》わらず、捜査する側は盗聴や盗撮は許されず、違法に入手した物的証拠は公判で使用されない。何とか送検しても刑法第三十九条を持ち出されたら為す術がない」

「それは、法に則った訴訟でなければ犯罪者を正当に裁くことができないからです」

「正当に裁く、か」

　鳥海は唇の端を歪めてみせる。

「それより、三人を殺害した犯人が判明したのなら今すぐ教えてください」

「ここじゃあ駄目だ」

「一対一、わたしと鳥海さんしかいないのにですか」

「隠しカメラやマイクはないと断言できるのか。日中は留守番もいない。毎日毎日、盗撮や盗聴をされていないか確認もしていないだろう。まさか刑事である自分の家だけは例外だなんて思っていないだろうな」

ふと不安に駆られてリビングを見回す。言われてみれば、他人の家には目配りが利くのに、自分のこととなるとすっかり無防備になっている。

「あんたは何度もヤマジ建設本社に顔を出している。その上、土木課現場責任者の自宅だ。情報を盗まれる可能性を考慮するのが普通だろう」

「分かりました。ここではない別の場所に移動すればいいんですね」

「人目のあるところは避けたい。ちゃんとうってつけの場所を確保してある」

「支度をするので待っていてください」

瑠衣は中座して自室に移る。抽斗《ひきだし》から護身用のスタンガンと催涙スプレーを取り出してハンドバッグの底に仕舞い込む。鳥海についてはまだ信用できない部分が多々ある。無警戒でのこのこついていくのは愚の骨頂だ。

鳥海は既に玄関に出ていた。

「行くぞ」

「そうやって、いつも人に命令するのが癖なんですか」

「のろまが嫌いなだけだ」

マンションを出ると、路上に白いプリウスが停まっていた。

「鳥海さんのクルマですか」

「そうだが」

「私立探偵にしてはフツーのクルマなんですね」

「アストンマーティンにでも乗っていると思ったのか。こういうのは目立たないのが第一条件だ」

　なかなか探偵らしいじゃないかと少し見直した。

「警察任せにせず、自分で捜査したのは須貝さんの敵《かたき》を討つつもりだったんですよね」

「半分は合っている」

「後の半分は」

「さっきも言ったが、警察に任せておいたら捕まる犯人も捕まらないからだ」

「鳥海さんなら捕まえられるんですか」

「現行犯でない限り、俺に逮捕権はない」

　ああそうか、と合点がいった。

　最前から色々言っているが、とどのつまり鳥海は瑠衣に犯人を逮捕してもらいたいのだ。犯人は特定できても逮捕できない鳥海。逮捕権は持っていても容疑者を特定できない瑠衣。鳥海が瑠衣に犯人の名前と特定の経緯を伝えてくれれば双方の利害が一致する。

　クルマは夜の繁華街をひた走る。

　おや、と思った。

　てっきり鳥海の事務所のある荒木町を目指していると思っていたのだが、クルマは新宿ではなく池袋方向に向かっている。

「事務所に行くんじゃないんですか」

「事務所は一つじゃない」

　結局、鳥海がクルマを停めたのは南大塚だった。

新大塚駅エリアは治安が良いのだが、東池袋方面の大塚六丁目や南大塚三丁目は比較的犯罪が多い。空き巣をはじめとした盗難事件が目立つが、一方で池袋の近くにありながら町全体は閑静なので不穏さは感じられない。

住宅地から離れた場所に雑居ビルが数棟ほど身を寄せ合っている区画があり、鳥海はそのうちの一つに入っていく。瑠衣はハンドバッグの上から護身用グッズの感触を確認して後をついていく。

鳥海は旧式の狭いエレベーターを五階で止める。廊下も狭く、しかも異様に埃《ほこり》っぽい。手前から三部屋目、鳥海は表札も何もない部屋の前に立ち、取り出したキーで開錠する。

「どちらかと言えば、こっちが本拠地かな」

中に足を一歩踏み入れて驚いた。

間取りはおそらく1Kだったらしいが、既に立錐の余地もない。壁二面を占領する無数のモニターと作業机にずらりと並んだパソコン群の光景は、さながら発電所の中央制御室を連想させる。

「やっぱり連れてきたんだ」

今まで背を向けていた人物が椅子を回してこちらを見た。

まだ二十歳そこそこと思しき青年だ。ツーブロックのショートヘアで、顔は瑠衣よりも小さい。

「事務所で唯一人の社員だ」

「比米倉《ひめくら》です。よろしく、春原《すのはら》瑠衣さん」

「わたしの名前は鳥海さんから聞いたの」

「名前以外も知っていますよ。これで」

比米倉は背後のモニター群を指した。何と自宅マンション前の見慣れた風景が映し出されている。

「ちょっと、これ」

「別に盗撮じゃありません。最寄りのコンビニに設置された防犯カメラの映像を拾っているだけです」

「拾ってるだけって、防犯カメラのセキュリティってこんなに緩いの」

「屋外設置の防犯カメラは、昔のアナログカメラと違って今は大抵ネットワークカメラですから」

ネットワークカメラは撮影した映像をネット経由で送信するデジタルビデオカメラの総称だ。個々のカメラがそれぞれにIPアドレスを持ち、映像を転送できるWEBサーバとしての機能があるためIPカメラとも呼称される。従来のアナログカメラに比べて画像が鮮明で、最近では夜間でも車のナンバーを克明に映せるほど性能が向上しているため、防犯カメラとしての需要が増大している。

だが送信電波の傍受は比米倉が言うほど簡単なものではないはずだ。言い換えれば比米倉の傍受技術が何重ものセキュリティの網の目を掻い潜っていることになる。

「これ、電波法違反ですよね」

「待った」

比米倉に詰め寄ろうとするのを、鳥海に制止された。

「電波法違反よりもエグい犯罪の話を聞きにきたんじゃなかったのか」

「防犯カメラの映像は警察だって入手しています。まさか、これで犯人が特定できたというんじゃないですよね」

「その坊やにとって無線の傍受なんて呼吸するのと同じだ。本領を発揮するのは特定屋だからな」

「特定屋。この人が」

瑠衣はまじまじと比米倉を見る。

特定屋は最近になって存在を知られるようになったが、あまり真っ当とは言えない商売だ。内容としてはSNSに上げられた書き込みや画像から投稿者の個人情報を割り出すというものだ。無論、ただ割り出すのではなく、その個人情報を必要とする者に売って対価を得るのだから、個人情報データベース等不正提供罪の対象となる。

ところが比米倉は瑠衣を前にしても全く悪びれる様子もない。この所長にしてこの従業員ありといったところか。

「無線の傍受にしても特定屋にしても、結局は違法行為でしょう」

「ついでに言うと、各種データベースにしょっちゅう侵入しているから不正アクセス禁止法にも抵触している」

「よければ、この場で二人とも逮捕してあげましょうか」

「親父さんたちを殺した犯人を知るために、ここに来たんだろ。ここで刑事風吹かせたって一文の得にもなりゃしない。むしろ敵討ちの機会を棒に振るだけだ」

鳥海はこちらの気持ちを見透かしたような視線を投げてくる。腹立たしいが、この場は矛を収めるしかない。

「まあ、座れ。そこに立ったままだと坊やも落ち着いて仕事ができないそうだ」

「ええ。とても目障りです」

比米倉の朗らかな嫌みに押されて、渋々瑠衣は近くにあった椅子に座る。ゲーミングチェアというものらしく座り心地は悪くない。少なくとも刑事部屋に備えられているオフィスチェアよりは、よほど上等だ。

「あんたにも分かりやすいように順序立てて説明する」

いちいち癪《しゃく》に障る物言いだが、これが鳥海の素らしいので構わないことにした。

「その前に鳥海さんたちの素性を教えてください。私立探偵なんて表向きの稼業なんでしょ」

「看板に偽りはない。俺の生業《なりわい》は探偵だ。ただし情報収集に比米倉坊やの力を借りている。浮気調査なんて足で稼ぐよりも、ラブホ界隈の防犯カメラから追跡した方が手っ取り早い。対象者がSNSに上げていれば、浮気の相手や場所も特定できるし物的証拠も得られる」

「みんな、ガードが緩くって。どうしてインスタに上げる写真を撮る時、周囲の状況に気を配らないのか。きっと浮かれ気分で警戒どころじゃないんだろうけど」

「須貝が死んだ状況は、到底事故死とは思えなかった。付き合っていて真面目一辺倒な男なのは知っていたから、動機が怨恨でないのは承知していた。同じヤマジ建設の資材課長が死亡していたから、会社絡みなのは見当がつく。だが故人の友人でございますと言って会社の内部に案内してくれるはずがない」

「捜査権ありませんからね」

「その点であんたたちは恵まれている。にも拘わらず物的証拠一つ咥《くわ》えてこれないなんざ、給料泥棒もいいところだ」

むかっ腹が立つが言い訳もできない。

「こっちは最初から違法すれすれだからな。殺害されたのが資材課長と経理課長なら、仕入れ関連だろうというのも見当がつく。そこでヤマジ建設のホストコンピューターに侵入して経理関係の文書を洗いざらい探ってみた。大当たりだった。納入した資材と工事仕様書が極端に違う。耐震性に支障が出ない範囲で鉄筋が少なくなったり、セメントの質が落ちていたりする。絵に描いたような工事費の水増しさ。ご丁寧なことに施主に提出するものと実際の仕様書のふた通りが存在した」

神川の推測が見事に的中していたという訳だ。

「工事費の水増しは四年前の四月から始まっている。浮いたカネはトータルで三億強。大手ゼネコン幹部の懐を潤わせるには充分過ぎる金額だ。ただし実務に携わる人間が納得していたかどうかは別だ。藤巻亮二にしても須貝謙治にしてもあんたの父親にしても、会社への忠誠心がある一方で真っ当な職業倫理の持ち主だった。水増し工事を続けていれば、いずれ忠誠心と職業倫理が諍《いさか》いを始める」

「工事費の水増しを指示したのは誰だったんですか」

「待てよ。順序立てて説明すると言ったぞ。おそらく最初に反旗を翻《ひるがえ》した、と言うか指示者に諫《かん》言《げん》したのは藤巻だったんだろう。これ以上水増しを続けることはできないとか何とか。指示者としては資材納入の全てを知り尽くした藤巻に警察なり検察に訴えられたら元も子もない」

「それで口封じですか」

「指示者がそう決断するまでには紆余曲折や逡巡《しゅんじゅん》もあったかもしれないが、結局はそういう結論に落ち着いた。藤巻を亡き者にしてしまえば、関与した他の二人も沈黙を守ると考えたんだろうな。ところが須貝もあんたの親父さんも、そんなタマじゃなかった」

「鳥海さんの知っている須貝さん、わたしの知っている父親なら納得できる話です。でも、客観的ではありません。第三者にとっては、あくまでも想像の域を出ません」

「想像だけで、そんな結論に至った訳じゃない。おい、あの音声記録を再生してやれ」

「了解」

指示を受けた比米倉が目の前のパソコンを操作すると、無造作にヘッドフォンを瑠衣に投げて寄越した。

「一応、この部屋防音仕様なんだけど不用意に音を出したくないから」

締め付けが強めの代物は、瑠衣もYouTubeで何度か見たことがある。ミュージシャンたちがスタジオ録音をする際に決まって装着しているモニターヘッドフォンだ。

聞こえてきたのは山路領平の濁声《だみごえ》だった。

『……二人とも会社に多大な貢献をしてくれた男だが、訴え出るとまで言うのだから仕方がなかった』

「盗聴したんですね」

「さすがに会長室には忍び込めない。向かい側のビルから高性能集音マイクを使った」

『……泣いて馬謖《ばしょく》を斬るという故事があったが、まさにそれだ。大型受注がなければ業績は痩せ細る。社員とその家族の生活を保障するためには辛い判断もやむを得ない』

湿っぽい口調だったが、聴いている瑠衣のはらわたは煮えくり返る。父親たちは会社の業績のために犠牲にされた。それを「やむを得ない」とは何という言い草だ。

『昨日の葬儀では春原課長が食ってかかってきた。仲間のためだからと、今まで幾度も説得してきたが、そろそろアレも我慢の限界にきているようだ。春原課長とは一緒に飲み歩いた間柄だが、これも仕方がない』

仕方がないとは何事だ。

『……ああ、方法は以前と同様に任せる。まあ、あの男は現場ひと筋だから、現場で災難に遭うというのが一番自然だ。きっと本人も本望だろう。じゃあ』

それきり声は途切れた。

瑠衣はヘッドフォンを外すと、二人に向き直った。

「録音データを提出してください。これはれっきとした殺人教唆《きょうさ》です」

「どこがだ。『泣いて馬謖を斬る』とか『方法は以前と同様に任せる』とか、明確な殺人の指示はしていない。腕のいい弁護士なら簡単に無力化できる。第一、合法的に入手した証拠でもない。何度言ったら分かる」

「公判で採用されなくても有罪の決め手にはなります」

「裁判を甘くみるな。録音データが証拠として公式に採用されたのはつい最近のことだ。こんな不確かな内容は到底決め手にならない」

「でも」

「少しは冷静になれ。それが原因で上長から叱責を食らったんじゃないのか。今のあんたを見たら親父さんが失望するぞ」

　冷や水をぶっかけられ、瑠衣は押し黙る。

「聞いた通り、山路会長が三人の始末を指示している。じゃあ、実行したのはいったい誰だと思う」

「ヤマジ建設と繋がりのある反社会的勢力でしょう」

「ひと昔前なら、そういう汚れ仕事は奴さんたちの専売特許だったが今は違う。山路会長にしても、うっかり殺人依頼をして後々恐喝のネタにされちゃ敵わない。依頼するならもっと信用のできる人間、自分の命令を着実に実行する人間を選ぶ」

　提示された二つの条件から一人の顔が思い浮かんだ。

「まさか、秘書の妻池が」

「ほう、勘だけは鋭いか」

「一般人ですよ」

「見当外れだな。一般人でも人を殺す。逆にヤクザ全員が人を殺《あや》める訳じゃない」

「でも、会長が信用しているという根拠だけで特定するのは乱暴すぎます」

「そんなものは根拠じゃなくて、ただの憶測って言うんだ」

　横で聞いている比米倉が同意するように頷《うなず》く。

「根拠は妻池の行動だ。あれを見せてやれ」

「はいよ」

比米倉がキーを叩くと、パソコン画面に何やら分刻みのスケジュール表が映し出された。

「これ、三つの事件が起きた時、妻池がいた場所」

「どうやって、こんなものを」

「最近のスマホはほとんどGPS機能が搭載されているでしょ。目的地に向かうのにまず現在地点が分からないと始まらないから。で、匿名化された状態ならスマホの位置を入手できるデータがあるんですよ。匿名の位置データは個人情報に該当しないんで提供可能なサービス。後は対象者のスマホのアドレスさえ判明すれば、過去に遡《さかのぼ》って位置情報を拾える」

「普通、アドレスの特定なんて何カ月もかかるでしょ」

「それは正規の手続きを踏んで、いちいち裁判所の許可を得ているから。色々すっ飛ばせば半日で特定作業は完了します」

比米倉の得意げな声は半分も耳に入らなかった。

・六月四日午後七時二十分、港区西新橋交差点
・六月十九日午後十一時三十五分、千代田区麴町半蔵門駅
・七月二日午後一時十分、豊島区巣鴨白山通り

眺めているうちに呼吸が浅くなる。全て犯行現場と死亡推定時刻が一致しているではないか。

「スマホの位置情報を拾った限り、妻池は事件当日死体発見現場にいた。一度だけならともかく三件全部となれば偶然とは言えない。それだけじゃない。会長秘書である妻池がどうして工事現

場に足を運ぶ必要がある。決まっている。あんたの親父さんを視界に捉えられる範囲にいるためだよ」

「でも、どうやって。鉄骨は四本吊りのワイヤーロープから外れて落下した。クレーンを操作していたのは妻池じゃなく、楠木という作業員でした」

「クレーン・デリック運転士免許なら妻池も取得している」

「え」

「何も入社時から会長つきの秘書だった訳じゃない。妻池も最初は現場で働いていた。免許はその時分に取得している。そのうち管理能力や事務処理能力を買われて秘書課に転属した」

本社のホストコンピューターに侵入したのなら、妻池の異動情報も容易に入手できたのだろう。

「その楠木という作業員だが、正午から仲間と昼休憩に入るだろう。作業再開が午後一時。その間に妻池が何をしたか。クレーンの操作が可能なら、ワイヤーロープをずらしておくこともできた。もちろん鉄骨が防護板の間をすり抜けて、親父さんが立つ定位置に落下するのを見越してだ」

「問題のクレーンにはAIが導入されていて、作業状態は逐一記録されています。鑑識が確認しても不自然な動作は検出されなかったんですよ。第一、命中するかどうか確信があったんでしょうか。確率だって一〇〇パーセントじゃありません」

「記録なんざホストコンピューターにアクセス権限を持つ者なら、どうとだって弄《いじ》れる。それに失敗しても構わない。標的を常に視界内に捉えておけば、機会はいくらでも訪れる。藤巻の時も須貝の時もそうだ。相手をつけ狙い、チャンスが到来するまで執拗に待ち続ける。妻池の犯行スタイルは常にそうだ」

「これも状況証拠でしかありません」

「極力、物的証拠は残さないように行動しているみたいだからな。ただ、妻池が実行犯だという傍証がもう一つある。妻池はインターネットバンキングの口座を開いていて、こちらも比米倉の坊やがハッキングして入出金明細を調べてくれた。するとな、三人が死体で発見された翌営業日、ヤツの口座には一回五百万円の振り込みがされている。つまり特別ボーナスだな。誰から何についての報酬だったかは言うまでもないだろう」

一人につき五百万円。

命を激安に見積もりされたものだ。山路会長に対する忠誠心に加え、報酬で妻池を操ったということか。

「入手した情報を全て警察に提供してください」

「くどい。そんなことをしても山路会長と妻池を裁くのは難しい。何しろ物的証拠はゼロだ。カネにあかせて優秀な弁護士たちを雇ったら、まず勝ち目はない。東京弁護士会にはカネさえ積めばどんな不利な裁判でも勝訴させちまう弁護士もいるからな」

「じゃあ、どうしてわざわざわたしに犯人を教えてくれたんですか。警察官としてわたしができることは何もないのに」

「春原誠也の娘として、あんたには教えておくべきだと思ったからだ」

鳥海の口調は不穏な響きを孕《はら》んでいた。

ややあって瑠衣は気づいた。

鳥海は友人の敵を討つためにここまで調べ上げた。だが、それは警察に情報を提供するためではない。

「鳥海さん」

「何だ」

「ひょっとして、あなたは違法な手段で須貝さんたちの復讐をしようとしているんじゃないですか」

　一瞬、鳥海は黙り込み、しばらく瑠衣を見ていた。恫喝するでも嘲笑するでもなく、ただ憐れむような目だった。

　答えを確かめなくても分かったような気がする。

　やはり鳥海は自分の手で山路会長を葬り去るつもりなのだ。

「鳥海さん、私刑は犯罪です」

「それくらい知っている」

「やめてください」

「あんたは俺が会長たちに復讐すると考えているようだが、見当違いもいいところだ」

「たち、ということは対象が山路会長だけではないという意味ですね」

　鳥海は舌打ちをして、瑠衣の視線から逃れる。

「特段の意味はないし、一介の探偵風情にできるのは調査だけだ」

「警察が頼りにならないのなら、せめて東京地検特捜部に情報提供してください」

「言ったはずだ。特捜部の本丸はあくまでも国会議員と大手ゼネコンの贈収賄。殺人事件には本腰を入れないし、法廷で採用されない証拠を並べたところで食指を動かさない。神川本人は信用できても特捜部は信用できない」

「司直がそんなに信用できないんですか」

「だから警察を辞めた」

あーあ、と比米倉が気落ちしたような声を上げる。

「だから言ったじゃん。公務員に何言っても無駄だって」

「うるさい」

鳥海は比米倉を制してから、こちらに背を向けた。

「あんたも刑事なら一事不再理の原則は知っているよな」

一度刑事事件の裁判で判決が確定した場合、再度同じ事件について実体審理することは許されない。憲法第三十九条による刑事手続上の原則だ。

「たったこれっぽっちの状況証拠で無理やり起訴して、もし公判で負けてみろ。山路領平も妻池東司も拘置所に入れられるのは一時だけで、また大手を振って戻ってくる。三人もの人間を殺しておきながら、何の罰も受けずにのうのうと以前の生活を取り戻すんだぞ。あんたはそれでもいいのか」

それでいいはずがない。しかし、瑠衣の中の警察官が返事に窮していた。

「俺は須貝を殺した人間が無罪となって安楽な人生を送ると考えただけで、凶暴な気持ちになる。あんたはどうなんだ」

「わたしだって……」

冷静ではいられなくなる、と言おうとしてやめた。まだ自分は職業倫理を捨てきれないのだ。

「だからと言って個人が私刑を行うのは法治国家として」

「この期に及んで、まだそんな建前をひけらかすか。その法治国家でも裁けない悪党はいったいどうすると訊いているんだ」

言葉が詰まって出てこない。口に出せるのは建前だけだ。父親を殺した犯人は分かっているのに、敗色濃厚な司直の手に委ねなければならないのは虚しさしかない。だが、いっそ自らの手で復讐したいと言った時点で、自分は警察官でなくなるような気がする。

「個人の復讐は単なる犯罪です。罪を犯せば償わなければなりません。死者の無念を晴らすために、罪を償うのは割に合わないと思いませんか」

「山路領平と妻池東司は三人を殺したが、このままでは何も償わずに終わっちまう。あんたが言っているのは徹頭徹尾綺麗ごとだ。法律がヤツらを裁けないのなら、他の何者かが裁かなきゃならん。裁くという言葉が気に食わないなら始末するという言い方でも構わない。いいか、妻池は物的証拠を残すことなく三人を葬った。妻池にできて他の人間にできないと誰が決めた」

感情を殺した口調が却《かえ》って凶悪に聞こえる。

「鳥海さんなら妻池と同じように、証拠を残さず彼らを始末できると言うんですか」

「あんたの言う正義では三人の無念を晴らせない」

鳥海は答えをはぐらかしたが、犯行を思い留まる気配はない。

「そんなに須貝さんの敵を討ちたいんですか。ただの腐れ縁じゃなかったんですか」

「……恩人だ」

鳥海はぼそりと呟いたきり、もう何を告げる気もなさそうだった。

「話は終わりだ」

瑠衣は退去するしかなかった。

2

翌日、いつもの時間に登庁すると、宍戸は相も変わらぬ渋い顔で瑠衣を迎えた。

「まだ処分は決まっていない。今日も定時まで内勤だ。一歩も外に出るな」

ちょうど調べものがあったので渡りに船と言うべきだろう。

殺された須貝の履歴は既に捜査資料の中にある。鳥海と知り合った中学時代まで遡れば、二人の縁がどんな性質のものであったかが摑めるかもしれない。

須貝は静岡県磐田市の出身で高校三年まで地元で暮らしている。彼の関係した事件を探していたら、間もなく一件がヒットした。

今から三十八年前だから、須貝と鳥海が十四歳の時だ。中学生グループが天竜川上流で川遊びに興じていると、その中の一人が急な流れに足を取られた。前日の雨で増水した川は泳ぎ自慢の者でも流されるような勢いだったのだ。

足を取られた中学生が浮き沈みしながら押し流されるのを、他の皆はただ見ているしかなかった。ところがその中の一人が意を決して流れの中に飛び込んだ。

救出活動は十五分間にも及び、流された中学生は九死に一生を得たものの救出した中学生もずいぶんと水を飲んだらしい。二人は仲良く救急車で運ばれ、同じ日に退院した。

この流された中学生が鳥海、救ったのが須貝だった。

恩人というのはそういう事情だったのかと腑に落ちた。救出劇以降、二人がどんな付き合い方をしたかは想像の域を出ないが、鳥海の執着ぶりは理解できる。

本人は明言を避けたが、鳥海が山路会長たちを殺害するつもりであるのはまず間違いない。鳥海の言動が冗談からくるものとは到底思えない。

だが、瑠衣はどうすることもできない。

まだ犯罪が発生していない時点で警察が動くことはまずない。ストーカー行為を未然に防ぐことはできても、殺意を持った未来の容疑者を拘束することは不可能だ。できるとすれば本人を説得して犯罪行為を諦めさせることくらいだが、鳥海に通用するとも思えない。

第一、瑠衣自身の心が揺れている。

個人の復讐など到底許されるものではない。しかし、いみじくも鳥海が指摘した通り、これは建前に過ぎない。愛する者を理不尽に殺された遺族には犯人に対する復讐心もまた否定できるものではない。現に瑠衣の胸が昏《くら》い思いに塗り潰されている。

昨夜、鳥海から聞き知った事実を宍戸や志木に伝えるのに躊躇《ちゅうちょ》している理由がこれだ。警察官としては知り得た事実を報告する義務がある。だが、仮に宍戸たちが捜査を進めても今から物的証拠が出てくるかどうかは断言できない。鳥海が危惧するように証拠不十分のまま起訴したとしたら裁判で負け、二度と山路会長たちを罪に問えなくなるかもしれない。

いや、違う。

瑠衣の心の中に、個人による復讐を肯定するもう一人の自分がいる。彼女が口を噤《つぐ》んでいろと囁《ささや》いているのだ。

昨夜から警察官としての瑠衣と誠也の娘としての自分が相克を繰り返している。危険な水域に足を踏み入れているのは自覚しているが、山路会長と妻池に対する憎悪に引き摺られている格好だ。

己の遵法精神はこんなにも脆弱《ぜいじゃく》だったのかと愕然とする。自己嫌悪で吐きそうになる。

「元気ないな」

いきなり声を掛けられ、瑠衣はびくりと肩を震わせる。

「志木さん」

「どう見たって内勤向きじゃないものな」

「進捗《しんちょく》状況、どうですか」

「思わしくない」

誇張も誤魔化《ごまか》しもない言葉が却って有難かった。

「鉄骨が落下した際の状況を洗い直しているが、ワイヤーロープに細工の跡が見られないから、現状はクレーン運転士の過失という線しか浮かんでいない」

「作業再開前は全員が昼休憩に入っていたんですよね。その隙を見てワイヤーロープをずらしておく、という可能性はありませんか」

「鑑識の報告にもあっただろう。作業記録を分析しても問題行動は認められなかった」

「だから、ホストコンピューターにアクセス権限を持つ人物が記録を改竄《かいざん》したのかもしれません」

「それを言い始めたら何でもありになっちまうぞ」

志木は呆れたようにこちらを見る。

「コンピューターに残った記録には証拠能力がある。下手すれば目撃証言以上にだ。その記録を疑い出せば捜査資料のほとんどに意味がなくなる。いったいぜんたい、どうしてそんな可能性を思いついた。何か根拠があってのことか」

「いえ……」

「根拠のない考えは妄想っていうんだ。捨てろ、そんなもん」

志木の指摘は常識に沿ったものだ。だからこそ余計にじれったい。

「東京地検特捜部が関わっているから企業ぐるみの犯行を疑っているんだろうが、不正経理と殺人じゃあ全く性質が違う。帳簿上の数字を弄るのと人の命を奪うのとでは、同じ犯罪でも雲泥の差がある」

言われなくても承知している。だが、その二つを同列に考えるような企業人も存在するのだ。

「自分が捜査に加われないから突飛《とっぴ》な考えに囚われるのも分かる。だが自制しろ。妄想を膨《ふく》らませたら刑事じゃなくなる。ただの陰謀論者に成り下がるぞ」

妄想ではない。教唆犯の音声記録も、実行犯に報酬が支払われた記録もあるというのに。

「処分、まだ決まってないんだろ。だったらしばらくはおとなしくしていろ。お目玉食らったヤツが目立っていたら、処分を下した側の面子《メンツ》が潰れる」

「上司のためですか」

「面子を潰された側は更に厳しい態度に出なきゃならなくなる。自己防衛のためと思っていろ」

志木のアドバイスは至極もっともで反論の余地はない。少し考えれば分かる。瑠衣が惑い悩んでいるのは全て違法行為が絡んでいる。志木の、道理に沿った正論に敵うはずもない。

いつも正論は正しい。

だが正しいことと望ましいことは往々にして一致しない。今の瑠衣にとって正論や正攻法ほど頼りなく落胆するものはない。

ともすれば山路会長と妻池に対する憎悪で寸断される思考を繋ぎながら作業を続ける。

恐慌状態に陥《おちい》ったのは小休止に入った時だった。何かヤマジ建設関連のニュースがないかとネットを漁《あさ》ったところ、社会面ではなく経済面からその見出しが飛び込んできた。

〈ヤマジ建設　業績上方修正〉

記事は次の通りだ。

『十月には来年三月期決算企業の中間決算が発表のピークを迎えるが、東証一部上場のヤマジ建設は早くも業績予想を上方修正してきた。期首時点では1ドル＝110円付近まで円安ドル高が進んだことから同社は当初予想を控え目に出していたが、四月にオリンピック・パラリンピック関連の大型公共工事の追加受注が決まり、円換算ベース利益がかさ上げされる可能性と相俟《あいま》って業績予想を増額修正してきた。

このところ中間時点で予想利益を増額した企業の実に八割が期末実績で更に増額をしてきた。つまり中間決算での業績上方修正は、企業の自信の表れと言っても過言ではない。機関投資家、個人投資家とも、今後のヤマジ建設株は注目銘柄だろう』

読んでいる最中から腹の底から怒りが湧き上がってきた。

記事で触れられている大型公共工事の受注は工事費の水増しで作った裏ガネで引っ張ってきたものだ。しかもその裏ガネ作りを隠蔽《いんぺい》するために誠也たち三人を亡き者にした。言うなれば、三人の犠牲の上に業績の上方修正が成り立っている。

知らぬ間に右の拳が固まり、キーボードに振り下ろされた。

軽やかな音とともにキーが弾け飛ぶ。

我に返った時には十数個のキーがデスクの上に散らばっていた。刑事部屋にいた数人の同僚が何事かとこちらを胡散臭げに眺めている。慌てて身を縮めたが、腹から胸を経由して頭に上った憤怒は一向に収まらない。

「どうした、春原。パソコンの上に何か落としたのか」

心配そうに駆けつけてくれた同僚に愛想笑いを浮かべると、改めて自己嫌悪に陥った。

何という世の中だろう。

忠誠心が強く、真面目で、仕事一徹の人間が無慈悲に殺され、一方では邪魔者を排除した組織とトップに立つ人間が称賛と利潤を得る。

飛び散ったキーを元通りに嵌《は》め直していると、悔しさと情けなさで涙が溢れそうになった。

ここで泣いたら尚更自分が情けなくなる。瑠衣は感情が表出するのを懸命に堪えるしかなかった。

3

その日の午後、瑠衣の処分が正式に決まった。

「本部長注意だ」

部屋に呼びつけた宍戸はどこか安堵した口調だった。直属の部下が懲戒処分ではなく内規処分で収まったことにほっとしているのだろう。

本部長注意といっても所属長注意のように口頭で伝えられるものではなく、本部から作成送付する本部長注意書を当該警察官に交付して行われる仕組みだ。ただし両方とも経緯と内容については注意簿に登載し、事案内容は速やかに報告することとなっている。

「この程度で済んだことを有難いと思え」

宍戸は不機嫌そうに言う。まさか宍戸の上申で処罰が軽くなったとも思えないが、申し訳ない気持ちにはなる。

儀礼的ながら頭を下げようとした寸前、宍戸に止められた。

「礼は言わんでいい。俺が減刑嘆願した訳じゃない。むしろ厳罰になればいいとさえ思っていた」

「直属の部下に厳しいんですね」

「変に軽い処分で済んだら、またお前はヤマジ建設に乗り込むかもしれん。そうなったら減給や停職で済まなくなる」

不意に胸を突かれた。つまり宍戸なりの気遣いという訳か。

「もう無茶なことはしません」

「あてにならん」

「少しは信用してください」

「刑事としては信用してもいい。だが、被害者の遺族としては到底信用ができん。下手をすれば捜査妨害にもなりかねないのに、私情全開で突っ走っている」

「申し訳ありません」

「謝るくらいなら最初からするな、と言っても無理そうだな」

不機嫌な顔が呆れ顔に変わる。

「担当刑事の肉親が被害者になるなんざ、そうそうあることじゃない。そんな訓練もしていない。だが、それとこれとは話が別だ。この事案に関してお前は完全に不適格だ。分かっているだろうが、今後もヤマジ建設関連の捜査から外す。別命あるまで内勤だ」

「承知しました」

まるで自分の声には聞こえなかった。

昨日までなら宍戸から厳命されても面従腹背を決め込んでいたかもしれない。指摘された通り、実の父親を殺された瑠衣には私怨を抑えて捜査を進める自信がない。

だが鳥海の思惑を知った今、直情径行に走る訳にはいかない。冷徹に状況を把握した上で捜査の進捗と鳥海たちの動向の両方を探る必要がある。

「戻れ」

宍戸に一礼して部屋を出る。刑事部屋では志木が待ち構えていた。

「どうだった」

「本部長注意でした」

「予想していたより軽い処分だったな。取りあえずクビじゃない。多少、昇任は遅れるが」

「慰めるか落ち込ませるか、どちらかにしてください」

「この程度の失点は検挙率アップで取り戻せる。気に病むな」

直属の上司に呆れられても同僚が励ましてくれる。普段であれば理想的な職場環境だと感謝したいところだが、今日の瑠衣はとてもそんな気分にはなれない。

「別命あるまで内勤だそうです」

「羨ましい。しばらくは歩き回らずに済むじゃないか。滅多にあることじゃないから、今は体力を温存しておけ」

「そのつもりです」

瑠衣本人から処分内容を訊き出すために残っていたらしく、志木は話を切り上げると部屋を出ていった。見回してみれば、部屋の中には瑠衣と数人が作業をしているだけだった。

少なからず孤立感に苛《さいな》まれるが、瑠衣には都合のいい状況と言える。内勤の継続は願ってもない指示だ。

命じられた捜査資料の整理もほどほどに、瑠衣は過去の事件記録を漁る。求めているのは被疑者死亡のまま送検された事件、あるいは容疑者と疑われた人物の死亡事件だった。

明言こそしないものの、鳥海は山路領平と妻池東司の殺害を目論んでいる。だが鳥海にしても比米倉にしても、これから人を殺すという興奮や恐怖が感じられなかった。何故だろうと考え続けて、間もなく恐ろしい仮説に辿り着いた。

鳥海たちが人を殺すのは、これが初めてではないのだ。

二つ目の事務所で目の当たりにした装置の夥《おびただ》しさや比米倉の落ち着きぶりを思い出す度、手慣れた印象が拭い難い。興奮や恐怖の欠如は、殺人が常習になっているからではないのか。防犯カメラのハッキングにしても数々の盗聴装置にしても、浮気調査の手段としては物々し過ぎる。第一、浮気調査ごときの報酬には到底見合わない投資ではないか。

鳥海たちは過去に殺人を犯している可能性が大だ。そして二人が既に殺人に手を染めていると仮定するなら、比米倉の年齢から推して古くても五年以内だろう。検索を開始して数分、間もなく条件に該当する事案が三件ヒットした。

最初は四年前の五月に起きた事件だ。三軒茶屋で一家四人が惨殺され、殺害された父親の弟が容疑者の一人として捜査線上に浮上した。だが捜査の手が回る直前に弟は逃亡、まんまと行方を晦《くら》ませた。現場に残された物的証拠があまりに多過ぎたために容疑者の特定が遅れたのだ。犯人を特定する物的証拠がないまま警視庁は異例の千人態勢で弟を捜索したものの、彼の行方は杳《よう》として知れない。変装している可能性が大きいとして警視庁が数パターンの手配写真を公開したところ、その翌日に弟は首吊り死体となって発見された。捜査本部はやむなく被疑者死亡のまま送検するより他なかった。

二件目は三年前の一月、八王子市内の交差点で起きた事故が発端だった。七十九歳元高級官僚の運転するハイブリッドカーが交差点手前で急加速し、歩道にいた数人を撥《は》ね飛ばしたのだ。この事故で小学生男児を含む三人が死亡、四人が重軽傷を負った。

運転していた元高級官僚の男は身柄を所轄署に確保されたものの、彼はクルマの不調を訴え決して己の運転ミスを認めようとしなかった。

被害の大きさと容疑者の無責任な言い分で世間は怒り憤ったが、男は数百万円の保釈金を払い、あっさりと釈放された。これより長期に亘《わた》ることが予想される法廷闘争に備えて英気を養いたいとまで答えた。だが、彼が法廷闘争に身を投じる機会は遂に訪れなかった。釈放された当日夜、男は浴槽の中で死亡しているのを家人に発見されたのだ。死体には外傷も毒物を吸引した痕跡もなく、駆けつけた検視官はヒートショックによる心筋梗塞と報告するより他になかった。

三件目の事件は昨年の六月、アイドルタレントの自殺に端を発した。アイドルグループの中心的存在であったAが線路に飛び込み還らぬ人となった。自宅に残されていた遺書から、彼女がSNSを通じたアンチの誹謗中傷で精神を病んでいたことが明らかになる。遺族の訴えで誹謗中傷を繰り返していた男は素性を暴露された上、自殺教唆の容疑で逮捕と相成った。

ところが男がSNSに投稿していた内容が自殺教唆にあたるかどうかが問題になった。「死ね」といった具体的な文言もなく、全てはAの受け取り方次第という結論に落ち着く。弁護人に辣腕《らつわん》の弁護士が立ったことも手伝い、司法関係者の間では名誉毀損罪か侮辱罪で片がつくというのがもっぱらの観測だった。

Aの遺族ばかりかAのファンやフェミニストを名乗る者たちが助命嘆願運動ならぬ厳罰嘆願運動を繰り広げた。言い換えれば、それだけ裁判で男に厳罰が下る確率が少ないからに相違なかった。

果たして一審では自殺教唆の主張が退けられた。検察側は即日控訴したが、上級審で判決が覆される可能性はわずかでしかない。誰もが失意と憤懣《ふんまん》に呻《うめ》いた翌日、男はラッシュ時の駅でホームから転落し、滑り込んできた電車によって数百の肉片と化した。男がAと同じ死に方をしたので世間は因果応報だと溜飲を下げたが、奇妙なことが一つあった。

事故が起きた瞬間、駅構内の防犯カメラが一台残らず停止していたのだ。そのため男が転落した瞬間は記録されておらず、事故だったのか自殺だったのか、それとも何者かによる謀殺なのかは皆目見当もつかなかった。

各々の捜査記録を閲覧した瑠衣は事件の陰に鳥海たちの存在を感じてならない。三つ目の事案は特に顕著だ。停電でもないのに駅構内の防犯カメラが全て無力化するなど普通は有り得ない。考えられるとすれば第三者が何らかの目的を持って管理システムに干渉した場合だろう。駅の管理システムに干渉して防犯カメラを無力化する。そんな高度な技術を持ち合わせている者はそういない。だが比米倉なら可能ではないのか。

ひと通り閲覧を終えた瑠衣は己の呼吸が浅くなっているのに気づいた。心臓も早鐘を打っている。

『法律がヤッらを裁けないのなら、他の何者かが裁かなきゃならん。裁くという言葉が気に食わないなら始末するという言い方でも構わない。いいか、妻池は物的証拠を残すことなく三人を葬った。妻池にできて他の人間にできないと誰が決めた』

別れ際に鳥海の吐いた言葉が甦る。あれはただ腹立ち紛れに口にした言葉ではなかった。彼らだけが知る犯行声明だったのだ。

死んだ被疑者たちは遺族から恨まれ、世間から糾弾され、しかも現行の司法システムでは直ちに極刑を下せる人間ではなかった。下手をすれば裁判を通じて禊《みそぎ》を済ませてしまうことも考えられる。

鳥海たちは法律では裁けない者を裁く、復讐の代行者ではないのか。

全身に震えが走る。

もちろん恐怖もあるが、それだけではない。

鳥海たちには山路領平に復讐する能力が充分にあるという期待からの震えだった。

終業後、瑠衣は入谷に向かった。藤巻亮二の遺族に会うためだった。

佳衣子《けいこ》と律とは、あれ以来顔を合わせていない。誠也が殺されてからというもの、身辺が慌《あわただ》しかったので彼女たちにまで気が回らなかった。

正直、鳥海たちが復讐の代行者であることに戸惑いを隠せない。その存在と行動理念を否定するのは容易《たやす》いが、一方で懲悪に快哉《かいさい》を叫ぶ自分もいる。だからこそ藤巻を殺害した犯人に見当がついた今、改めて遺族の話を聞きたいと思った。佳衣子や律の気持ちを参考にするのは少し卑怯な気もするが、自分では正邪を決めかねる。

入谷の住宅街はひっそりと静まり返っていた。藤巻宅のドアは既に忌中の張り紙も剥がされ、時の経過を否が応でも思わせる。

在宅していたのは律一人だけだった。

居間に通された瑠衣は家の中に漂う寂寥感《せきりょうかん》に気づく。律が一人で留守番をしているからではなく、そこにいるべき家族を喪失した空虚のように思えた。

「ご無沙汰していました。お線香を上げさせてください」

何を訊くにしても死者を悼むのが先だろう。小さな仏壇に手を合わせていると、どうしても父親の顔が思い浮かんで居たたまれない。

瑠衣も父親を亡くしているのを知ってか、律はおとなしく見守っていた。

「佳衣子さんは外出ですか」

「母はまだパートから帰っていません」

「お勤めを始められたんですか」

重ねて訊かれると、律はやや俯《うつむ》き加減になった。

「初七日が終わってから、求人広告を手当たり次第に漁りました。四度面接で断られましたけど、五つ目の深夜営業のスーパーでパート採用されました」

「でも、たとえば保険金とか」

誠也が自らに保険を掛けていたことも手伝い、つい口に出た。今更引っ込められないが、律は眉一つ動かさなかった。

「保険金はもちろん下りたけど貯蓄型で保険期間も短かったので、わたしたち母子が不安なしで暮らせるような金額じゃなかったです」

遺影の面前でカネの話は切ない。いくら同様の事件の関係者とはいえ、瑠衣に台所事情を話すのはそれだけ切羽詰まっているからだろう。

「母はわたしを絶対に大学を卒業させるつもりなんです。父がそう願っていましたから。それで自分も勤めなければと考えたみたいです」

ヤマジ建設から弔慰金も出ているが、一律十万円で雀の涙程度しかない。藤巻がどれだけ会社に尽くしていても、死んでしまえばただの母子家庭だ。母親が無職では遺族年金があるとはいえ早晩生活が困窮するのは目に見えている。

「わたしたち、お父さんの給料で生活できてたんだなあって、やっと実感しているんです。死んじゃってから気づくなんて、とんでもない親不孝ですよね」

「あまり自分を責めない方がいいですよ」

「とても嫌なんです。歯痒《はがゆ》くて」

途端に言葉が尖った。

「お母さんが一生懸命に頑張ってくれているのに、わたし何もできないんです。夕飯だってお母さんが作り置きしてくれるし、朝はわたしより早起きして朝食の用意してくれるし。それなのにわたしは何の役にも立ってないんです」

「律さんはまだ学生さんなんだから、そんなに気に病む必要はないですよ」

「学生だとか未成年だとか関係ありません」

律の口調はいよいよ険しくなっていく。

「今までずっとお父さんに頼って、お父さんが死んでからはお母さんに頼って。自分は本当に無力だと思います」

それなら両親の希望を叶えるべく勉学に励めと告げればいいのだろうが、瑠衣は言葉が出てこない。

「春原さん。犯人はまだ捕まらないんですか」

「生憎《あいにく》、わたしは事件関係者なので捜査に直接関われなくなりました。だから進捗状況の詳細は聞かされていません」

律の嘆きぶりを見ていると、捜査が暗礁に乗り上げている事実を告げる気には到底なれなかった。

だが律は瑠衣の答えが不満らしく、こちらに向けた視線は険しいままだ。

「このまま犯人が野放しになる可能性があるということですか」

「現状、どんな可能性もゼロじゃありません」

「そんなの許せません」

律は声を震わせて言う。絶叫されるよりも胸に応えた。

「もし、このまま捜査が終わるようなら、わたしは一生警察も許せません」

まるで自分が責められているように感じ、瑠衣は居たたまれなさを募らせる。次に洩らした言葉は半ば自責の念に駆られてのものだった。

「この世には法律で裁ききれない犯罪もあります。審理が為されても遺族には残念な判決が下される裁判があります。犯人が特定されていたとしたら、あなたはどうしますか」

「決まっているじゃないですか」

律はひどく凶暴な目をしていた。

「可能なら、わたしがそいつを殺してやりたいです」

やはり、そう答えるのか。

瑠衣は絶望と安堵を同時に覚える。まだ学生の律が復讐心を覚えることに暗澹《あんたん》たる気分となるが、一方で同族意識に似た共感もある。

いや、誤魔化してはいけない。

自分は律の口から犯人に対する恨み辛みを聞きたかったのだ。見るからに弱々しげな彼女でも復讐心を滾《たぎ》らせるのなら、自分が山路領平と妻池を葬りたいと考えてもいいではないか。

次の瞬間、瑠衣は慌てて打ち消した。

たとえ律が復讐心を抱いたとしても、瑠衣が山路領平たちを罰していい理由にはならない。律は一般人だが、瑠衣は末端とはいえ司法システムの側にいる人間だ。律には同情できる事情も瑠衣には適用されない。

不意に律が問い掛けてきた。

「春原さんもお父さんを亡くされたんですよね。まだ事故か事件かも分からないんですよね」

「ええ」

「もし殺されたとしたなら、春原さんは犯人をどうしたいですか。法律で裁けない犯人をどうしたいと思いますか」

進退窮《きわ》まるとはこういう状況を言うのだろう。肯定も否定もできず、瑠衣は唇を噛むしかない。

「どうなんですか。答えてください、春原さん」

「警察官ですからね」

腹から無理に絞り出す言葉だった。

「容疑者が特定できれば逮捕し、送検します。そこから先は検察と裁判所の仕事です。司法の判断には従わざるを得ません」

「それで犯人が大手を振って社会に復帰してもですか」

「犯罪者を裁けるのは裁判所だけです」

瑠衣の答えを確認すると、律は落胆したように視線を逸らした。

自分は卑怯者で、その上嘘吐《つ》きだ。

自己嫌悪で身の縮む思いがする。瑠衣は逃げるように藤巻宅から辞去した。


翌晩、瑠衣は一番町を訪れた。須貝の自宅マンション付近は帰宅ラッシュに急ぐ通勤客の群れが行き来し、夜八時を過ぎて尚賑やかだった。

だが部屋の前に立った途端、瑠衣は緊張で身体を強張《こわば》らせた。死者の静けさと遺族の無念さがドアの向こう側から漂ってきそうな気配を感じる。

線香を上げさせてほしいと瑠衣が申し出ると、十和子は快く迎え入れてくれた。

遺影に手を合わせてから、何げなく彼女を見ると以前よりも腹の膨らみが目立っていた。

「もう落ち着きましたか」

「犯人がまだ捕まっていないのに、落ち着けるはずがないじゃないですか」

母体について尋ねたつもりだったが、十和子は別の意味に捉えたようだった。

「いえ、あの、お腹が」

「ごめんなさい、とんでもない勘違いして。はい、もう安定期に入って少し落ち着きました」

「犯人については、わたしは捜査を外されたものですから詳しい進捗状況が分からないんです。

ご期待に添えず申し訳ありません」

「外されたのは何故ですか」

「身内が被害者になると外されるようにできているんですよ」

十和子は瑠衣の顔を覗き込む。その目には同情の色が宿っている。

「それはとても悔しいでしょうね。わたしが春原さんの立場だったら決まりを破ってでも犯人を見つけ出そうとするでしょうね」

瑠衣は心中で手を合わせるしかない。決まりを破って極秘裏に動いていることも、犯人を知りながら捜査本部に告げていないことも遺族に対しては信義に悖《もと》る行為だ。

「さっきは落ち着かないと言いましたけどね、お腹の子のこともあるので無理にでも落ち着こうとしているんです。母親が精神不安定だと胎児に悪いって聞きますからね。須貝がいない今、わたしがしっかりしないと」

そう言って十和子は自分の腹を愛おしそうに撫でる。普段なら心和む光景のはずだが、十和子の置かれた状況を考えると不憫に思えてきた。

「でも、一番町はいい街ですよね。周囲に幼稚園や学校もあって。電車に乗っていると半蔵門や九段下で可愛い子たちを沢山見かけます」

「うーん、確かにいい街なんだけど、この子が大きくなる頃には住んでいるかどうか」

「引っ越しされるんですか」

「元々もう少しお腹が大きくなったら里帰りする予定だったんです。実家の居心地がよかったら、そのまま居ついちゃうかもしれません」

「でも、このマンションはどうするんですか」

「この家、まだローンの返済中だったんだけど団体信用生命保険とかに入っていたお蔭で、須貝が亡くなるとローンの残りも払ってくれて借金もなくなりました」

肩の荷が下りたように言うが寂しさは隠しようもない。ローンが消えた代わりに、それを払う主も消えてしまったのだ。

「だから売却してもいいかなって。どのみちわたしが働かなきゃいけないけど、養育資金とか考えるとまとまったおカネも必要だし、いっそ実家に戻るという選択肢もあるんです。おじいちゃんおばあちゃんと一緒に暮らせば子どもも寂しくないだろうし」

淡々とした口調だが、聞いている瑠衣の胸にずっしりと重く圧《の》し掛かる。何事もなければ須貝と親子三人安泰に暮らせたものを、突如として人生の歯車が狂ってしまった。瑠衣も母親のいない生活を過ごしてきたので、時折覚える欠落感が決して小さくないことを知っている。

「まさか、子どもを一人で育てる羽目になるとは思いませんでした。同居するとなれば実家は喜ぶかもしれませんけど」

一人の死は残された者の人生にも大きく影を落とす。良きにつけ悪しきにつけ、生活設計を激変させてしまう。

改めて事件の大きさと悲劇の無慈悲さを思い知る。山路領平と妻池はただ従業員を殺したのではない。輝く可能性の多くを葬り去ってしまったのだ。

「もしわたしの立場だったら、決まりを破ってでも犯人を見つけ出そうとすると仰いましたね。でも、その犯人が法律で裁けなかったとしたらどうですか」

「須貝を殺しておきながら罪に問われない。そんなことが有り得るのですか」

十和子はやはり淡々と訊いてくる。

「裁判には疑わしきは罰せずという大原則があります。捜査本部がこの人物が真犯人だと確信していても、物的証拠が揃わず客観的に立証できなければ無罪判決が下される可能性が小さくありません」

「ひどい話ですね」

「それが日本の法律なんです」

「一見公正なようで、遺族には残酷な法律ですね。警察官の春原さんは、そういう法律が正しいと言うのでしょうね」

「公僕、ですから」

「公僕の公は公衆の意味でしょうか。それとも国を意味するのでしょうか」

瑠衣は返事に窮する。しばらくの沈黙の末、十和子が静かに言葉を継ぐ。

「ごめんなさい。別に春原さんを責めるつもりは毛頭ないの。ただ、ちょっと気持ちが昂《たかぶ》ってしまって……駄目ね。できるだけ抑えようとしているんだけど」

十和子は再び腹を撫でる。

「この子が生まれるまでは。ううん、生まれてからも恨み辛みを抱かせないように育てないと。この子は他人を憎んだり嫌ったりしない、優しい子になってほしいんです。きっと須貝もそうしたかったと思います」

でも、と言葉を続ける。

「もしお腹にこの子がいなかったら、わたしは間違いなく犯人に復讐したいと考えるでしょうね。それこそ法律を破ってでも、わたしが裁かれる羽目になってでも決行します」

淡々とした話しぶりは尚更瑠衣の怯懦《きょうだ》を貫く。

「疑わしきは罰せず、でしたっけ。そういう世界に身を置くあなたを尊敬します」

最後の台詞は皮肉にしか聞こえなかった。


打ちひしがれて瑠衣はようやく自宅に辿り着く。

前夜の律に続き、あの物静かな十和子からも黒々とした怨嗟《えんさ》の声を浴びた。元より瑠衣自らも山路たちを憎んでいるので痛手は倍加する。腹に溜め込んだ悪意で食べたものを戻しそうな気分だった。

誠也の遺影に手を合わせ、十和子に話した内容を報告する。誠也からの応えはないが、報告するだけで胸の痞《つか》えが少しはおりる。

入浴して汗や垢を洗い流したが、心に巣食う昏《くら》い情念は欠片《かけら》も落とせない。悶々とした気持ちのままスウェットに着替《いじ》えてリビングに陣取る。

スマートフォンを弄り、ネットニュースでヤマジ建設関連の記事を漁るのが日課になっている。大抵は同社の株価についてのアナリストのひと口コメントだが、この日は違った。

〈ヤマジ建設　競合他社を吸収合併〉

見出しが目に入るなり、即座に内容を読んだ。

『本日株式市場が引けた直後、ヤマジ建設（東証一部）はトーキョー建築（東証二部）と東海ビル建物（マザーズ）との合併を発表した。この合併によりトーキョー建築と東海ビル建物の法人格は消滅する。ヤマジ建設広報部によれば合併計画は昨年から進められており、今月初めに合意に至ったため本日発表になったとのこと。

吸収合併される二社の法人格が消滅する一方、ヤマジ建設は来期にもエクイティファイナンス（新株発行を伴う資金調達）を行う予定であることを同時に発表した。ここ数年の財務改善に加え、大型公共工事の受注により成長資金を確保し増資の目処が立った。

この吸収合併を受けてムーディーズはヤマジ建設株の格付けをAからAaへと上げた。長年中堅ゼネコンとして堅実経営を続けていた同社にとっては念願の格付け変更であり、同時に大手ゼネコンへ成長する一歩と言えよう』

記事の最後には東京証券取引所の会見場で記者の質問に答えている写真が添付されていた。カメラに向かって喜色満面の山路領平と、その背後には妻池が庇護者のように控える姿が写っている。

記事と写真を見た瑠衣は怒りに一瞬我を忘れた。

これまでもヤマジ建設の業績について希望的観測を目にする度に業を煮やしてきたが、今回の格付け変更と山路領平の得意満面の表情が決定的だった。

自社の社員三人を口封じで殺した企業が競合他社を吸収し、巨大になり、格付けを上げる。社員と家族の幸福と将来を食い潰して肥え太っていく。増資をすれば大抵の株は値を上げる。自社株を所有している山路領平ほか役員たちの懐はますます温かくなる寸法だ。

声の小さな者が虐《しいた》げられ、踏みつけにされる。そして踏みつけにした強者は高笑いしながら栄華を誇る。藤巻亮二と須貝謙治、そして春原誠也が土の下で血を吐き、彼らの家族が冷たい世間の風に凍える一方、山路領平たちは我が世の春を謳歌する。

理想など絵に描いた餅だ。正義を語っても空しく、弱者の訴えは強者の哄笑《こうしょう》に掻き消される。

これが現実だった。瑠衣たちが時には死を覚悟してでも護ろうとしている世界の実相だ。

頭が沸騰し、目の前が熱くなる。

気がつけば瑠衣は泣いていた。

声を押し殺そうとしても唇の間から嗚咽《おえつ》が洩れてしまう。悔しくて悔しくて、涙が止まらない。

心が身を捩《よじ》って身体中の水分を絞り出しているようだった。

山路領平の顔を浮かべては泣き、妻池の面罵《めんば》を思い出しては泣き、そして誠也を思ってまた泣く。

おそらく残り一生分の涙を流し尽くした後、瑠衣が後生大事にしていたものの一つが音を立てて砕け散った。

4

翌日、瑠衣は南大塚に赴き、鳥海の二つ目の事務所を訪れた。

ドアを三回ノックしたが応答はない。だが電気メーターが早く回転しているので、中の電気製品が稼働しているのは分かっている。

「鳥海さん、比米倉さん。ドアを開けてください。開けなければ、この間聞いた話を廊下で復唱しますよ。いいですね」

更に二回ノックすると、ようやく開錠の音がした。ドアの隙間から顔を覗かせたのは比米倉だった。

「ちょっとお。お巡りさんが迷惑行為してどうするんですか」

「迷惑行為と犯罪と、どっちの罪が重いか。このフロアの住人たちからアンケート取ってもいいわよ」

「春原さん、キャラ変わってませんか」

比米倉は文句を言いながら瑠衣を招き入れる。

「鳥海さんは不在ですよ」

「今すぐ呼んで」

「急用か何かですか」

「急用じゃなきゃ、こんなところに来ません」

「しょーがねー」

不承不承の体で比米倉はスマートフォンを取り出した。

「俺です。あのー、春原さんに急襲されて困ってます。助けてください」

ふざけたSOSだったが、間もなく鳥海が到着した。予想通り、何の用だという顔をしている。

「山路会長たちを始末すると言ってましたね」

「俺たちがするとはひと言も言ってないぞ」

鳥海は迷惑そうに顔を顰《しか》める。

「いくら防音だからって、そんな大声を出すな」

「三軒茶屋の一家四人殺し。最有力の容疑者だった弟は逃亡の挙句、首吊り死体で発見」

瑠衣が朗読するように話すと、鳥海はぴたりと動きを止めた。

「八王子で起きた三人が死亡、四人が重軽傷を負った交通事故。運転していた元高級官僚は保釈後、自宅の浴室内で死亡」

比米倉はと見れば、先刻とは打って変わった陰気な目をこちらに向けている。

「アイドルタレントがSNSでの誹謗中傷を苦にして自殺。中傷した張本人と思われるアンチの男もホームから落ちて電車に轢《ひ》かれた」

「いつまで無意味なお喋りを続けるつもりだ」

「無意味なら聞いていても害はないでしょう。それとも耳に痛い話なんですか」

「嫌がらせのつもりなら、それも無意味だ。俺たちには何の関係もない事件だ」

「今挙げた三つの事件には共通点があります。まず被害者遺族のみならず国民感情を逆撫でした事件であること。容疑者がことごとく自殺や事故死であり、人々の溜飲を下げる結末になったこと。先日、鳥海さんが口にした〈始末〉という表現にぴったりの事案ですよね」

「あんたの挙げた三つの事件は俺も知っているが、ぴったりの表現なら〈始末〉じゃなく〈因果応報〉だろう。自殺にポックリ死に事故死。きっと神様ってのがそれぞれに相応《ふさわ》しい罰を与えたのさ」

「与えたのが誰なのかはさておき、相応しい罰というのは同意します」

鳥海はおや、という顔をする。

「三人の容疑者は、そのまま公判が進められたとしても厳罰が下されるかどうかは微妙なケースでした。全ての裁判、全ての判決が遺族と世間を納得させるものではないのは事実です」

「どういう風の吹き回しだ」

「昨日、ヤマジ建設が他社を吸収合併するニュースが報じられました」

「ああ、聞いた。格付けも上がって山路領平は我が世の春を謳歌している。ああ、そうか」

鳥海はこちらの思惑を見透かしたように頷く。

「山路領平のドヤ顔を見て堪忍袋の緒が切れたか」

挑発に乗るつもりはなく、瑠衣は無視して話を進める。

「三つの事件は、被害者遺族からの依頼を受けたのですか」

「俺は知らん」

「標的を追跡し、自殺や事故死を装うにはそれなりの苦労があるでしょうし、人一人殺すのだから報酬が発生して当然ですよね。依頼一件についての報酬額は決まっているんですか。支払ってもらった報酬は労力に値するものでしたか」

「……知らないと言っている」

鳥海の反応がわずかに遅れる。やはり資金不足が生じているらしい。当然だろう。この部屋にずらりと鎮座している機材を眺めても投資額は相当なものだと推測できる。一件あたり百万、二百万の報酬では回収困難だ。

鳥海が動揺を見せる一方、瑠衣も次のひと言を発するのを躊躇《ためら》っていた。

これを口にしたが最後、自分は司法警察員としての倫理を放棄することになる。それだけではない。立場は逆転し、狩る側から狩られる側に転落するのだ。

頭の隅で良識が未だに自己主張をしている。だが鬱積《うっせき》した怨嗟と幼い正義感の方が圧倒的だった。

「報酬はわたしが払います」

鳥海と比米倉が目を剝いた。

「何だと」

「父親の死亡保険金が下りました。一人あたま一千万円でどうですか」

金額を聞いていち早く反応したのは比米倉だった。

「鳥海さん、二千万円あれば滞納しているリース代を払える。最新の機材も揃えられるよ」

「馬鹿、黙っていろ」

鳥海は警戒心を露《あら》わにして一歩前に進み出る。

「引っ掛けのつもりなら子ども騙しもいいところだぞ」

瑠衣は胸ポケットから保険証券を取り出し、文面を鳥海の眼前に突き出した。

「これでも引っ掛けだと思いますか」

鳥海は保険証券に記載された額面を確認すると、観念したように長い溜息を吐く。

「あんたが勝手に思い違いをして俺たちに二千万円をくれる分には構わない。ひょっとして何かの偶然で山路領平とその秘書が災いに巻き込まれる可能性もあるしな」

「まだ話は終わっていません。この依頼は条件付きです」

「どんな条件だ」

「始末するのは山路領平会長と秘書の妻池東司の二人」

「当然だな」

『その計画の一部始終をわたしに開示すること。まだ立案していないというのであれば、わたしを交えて計画を立てること」

げっと比米倉が奇声を発する。

「カネも出すけど口も出すってか」

「出資者が口を出すと碌《ろく》なことにならない。まあ、俺たちには関係ないが」

「条件その二。妻池はあなたたちに任せますが、山路領平はわたしに始末させること」

「何を言い出す」

さすがに鳥海は顔色を変えた。

「ふざけていい話じゃないぞ」

「死亡保険金五千万円のうち二千万円はあなたたちの取り分、うち一千万円はわたしの取り分。わたし自身が手を汚すから当然の報酬です」

「計算が合わない。あとの二千万円は何だ。それもあんたのものじゃないか」

「残り二千万円については既に使い途が決まっています」

「なあ、春原さん」

鳥海はがらりと口調を変え、こちらの真意を確かめるかのように見据えてきた。

「あんた、現職の刑事だろう。いくら相手が外道だからといって、あいつらを殺したらあんたが犯罪者になるんだぞ」

「鳥海さんだって元刑事じゃないですか」

「おお、鳥海さん一本取られた」

「うるさい」

「第一、殺しても発覚しない自信があるんでしょ。今回も同じです。山路領平と妻池を自殺や事故死に見せかけ、決して物証を残さない」

「カネも出す。自分も手を汚す。そうまで言いきるのなら、もう誤魔化しはなしだ」

鳥海の目が据わる。

ぞくりとした。

元刑事の目でもなければ探偵の目でもない。

瑠衣が日頃から見慣れている犯罪者の、どんよりとした昏い目だった。

「以前の仕事が成功したのは、手慣れた人間がやったからだ。素人の生兵法《なまびょうほう》は大怪我の元になる」

「誰でも最初は素人です」

「慣れた者の集団の中では邪魔者だ」

「慣れているなら方法を教えて」

「父親の復讐のために今まで真っ当に生きてきた過去を台無しにするつもりか。この先だって重い荷物を背負って生きていくことになる」

「命の恩人の須貝さんが殺された時、鳥海さんは何を考えましたか。たとえ報酬がなくても復讐しようとしたでしょ。私も同じです。あいつらを始末できるのなら、陽の当たる場所に戻れなくなっても後悔しない」

「俺たちが承諾しなかった場合はどうする」

「あなたたちが盗聴した山路領平の言葉と、妻池の事件当時の行動を全て捜査本部に報告する。当然、あなたたちも事情聴取を受ける羽目になる」

「それで公判が山路たちの有利になってもか」

「その時はその時」

しばらく鳥海はこちらを射貫くように睨んでいた。それでも瑠衣が視線を逸らさずにいると、やがて勝手にしろというように首を横に振った。

「条件は二つだけだな」

「はい」

「じゃあ、こっちも条件を出す。俺たちのやり方に口を出すな。仕事では俺が司令塔だ。指示に従わなかったら即座に降りてもらう」

「呑みます」

「もう一つ、これが最も大事な条件だ」

鳥海は一段声を潜めた。

「途中で裏切ったら、依頼者でも仕事仲間でもなくなるからな」

暗に口封じをすると脅している。当然予想された条件なので特に驚きはしなかった。

「分かりました」

「契約成立だ」

鳥海は不愉快そうに言い放つとドアを指差した。

「今日はここまでだ。追ってまた連絡する」

契約成立直後では十全の信用を置けないというつもりか。鳥海の態度は業腹だが、ここはひとまず承諾した方が得策だろう。

「条件を忘れないでくださいね」

ひと言釘を刺してから、瑠衣は事務所を後にする。

エレベーターに乗ったまではよかった。だがビルから出た途端、アスファルトの上にしゃがみ込んだ。

熱帯夜だというのに寒くてならない。全身が瘧《おこり》のように震えている。

とうとう道を踏み外してしまった。警察官でありながら殺人を委託し、そればかりか自らの犯行も約束した。

今ならまだ引き返せるのではないか。

いや、鳥海に宣言した時点でもう後戻りはできなくなっている。

両手で自分の肩を抱きながら、瑠衣はぽっかりと開いた暗渠《あんきょ》に引き摺り込まれるような感覚に襲われた。

五　悪因悪果

1

　九月に入っても捜査本部はヤマジ建設関連の事件に光明を見出せずにいた。

「お前の執念は認めるが、何度訊かれても答えは同じだ」

　志木は勘弁してくれといった顔を瑠衣に向ける。捜査会議は毎日あるので、進捗《しんちょく》を確認したい瑠衣からは毎日問い質される羽目になる。

「物証が乏しい上に目撃証言も少ない。春原《すのはら》だって知っているだろう。いったん方向性を失った捜査は迷宮の入口に立っている。新たな証拠が出なきゃ、そのまま迷宮に吸い込まれる」

　煩《うるさ》がる一方で志木の口ぶりには悔しさが滲《にじ》み出る。志木なりに瑠衣の無念を晴らそうとしてくれているのは間違いなく、事件が迷宮入りしてしまえば捜査員の誰もが意気消沈するだろう。

「管理官も班長もそれを心得ているから必死になっている。最近は会議に出る度に眉間の皺《しわ》が増えている」

　宍戸が焦っているのは瑠衣も承知している。同じ刑事部屋にいても廊下ですれ違っても目を合わせようとしないのは、こちらに対する負い目があるからだと瑠衣は考えている。

「もう少し待て」

志木はそう言い残すと、逃げるようにして席を立った。

志木を追いかけるつもりはない。煩いほど捜査の進捗状況を尋ねているのは犯人を逮捕してもらいたいからではない。逆だ。瑠衣は捜査本部が連続殺人事件の犯人を山路領平と妻池東司に特定しないように願っている。

無論、二人が事件に関与していることを示す積極的な物証が見つかれば別だが、状況証拠だけで起訴されるような事態は何としても避けたい。それこそ鳥海《とかい》が指摘するように下手をすれば一事不再理の原則で、金輪際あの二人を裁けなくなる。いや、それどころか禊《みそぎ》を済ませたのだからと永遠に自由を与えてしまうことになる。

それだけは許してはならなかった。山路領平と妻池東司は三人を殺害した罪を償わなければならない。

たとえそのかたちが合法的でなくても。

午前九時、瑠衣は件《くだん》の大量毒殺事件の捜査会議に出席したが、管理官の話す内容はまるで頭に入らなかった。

鳥海たちと悪魔の契約を交わしてからというもの、瑠衣は心に違和感を覚えるようになっている。警察官の職業意識や元々あった倫理観が毀損《きそん》した訳ではなく、自分でも理解できない異物が混入しているような感覚だ。

警察官でありながら殺人を委託し、そればかりか自らの犯行も約束してしまった。既にルビコン川を渡ったにも拘《かか》わらず、未だ罪悪感と恐怖に苛《さいな》まれている。だが一方、意識の隅に生まれた異物が奇妙な安堵をもたらしている。まるで心の中に警察官と犯罪者が同居しているような気分だった。

大量毒殺事件の捜査は容疑者の特定まで進捗している。特定された容疑者は八王子の医療刑務所を脱走した人物だが、全国に指名手配されながら未だ捕まっていない。都内で事件を起こしたと思えば次は長野に現れる。まさに神出鬼没であり、当面は証拠集めより追跡に人員を割くことになりそうだ。

それに比べ、ヤマジ建設関連の捜査は遅々として進んでいない。数日前はそれが歯痒《はがゆ》くてならなかったが、今は逆に都合がいい。我ながら身勝手なものだと呆れるがどうしようもない。

警察での業務を終えると南大塚に向かう。「もう一つの事務所」ではなく、瑠衣は「隠れ家」と考えるようになった。

最近教えられたが、同階のフロアには隠し防犯カメラが備え付けられ、中からは廊下の様子が丸分かりになっている。以前ならともかく、鳥海たちを雇った今は追い返されることもない。

「らっしゃい」

ドアを開けると、比米倉《ひめくら》は愛想よく迎えてくれた。こういう人間が犯罪に加担していると思うと、つくづく人当たりなどはあてにならないと痛感する。

部屋に足を踏み入れると、新しい機材が導入されているのに気づいた。

「また買ったの」

「報酬が入る見込みがついたから」

「わたしからの実入りを期待しているのなら水を差すようだけど、あくまでも成功報酬なんだからね」

「その辺は大丈夫。俺たち、今までに仕損じたことがないから」

「大層な自信だこと。いったい、今までどれだけ罪を重ねてきたの」

「いちいち数えていないよ」

「数え切れない、の間違いでしょ」

比米倉は悪戯《いたずら》っぽく笑ってみせるが、つまりは誤魔化《ごまか》しているだけだ。言い換えれば、申告できないほどの旧悪があるに相違なかった。

「それでも、まだ結果が分からない段階で設備投資するなんて」

「今回の依頼には必要な投資なんだよ。これを見て」

比米倉は目の前のキーボードに指を這わせる。すると今までスリープ状態だったモニターが目覚め、どこかの地図を表示した。ところどころにあるランドマークで渋谷区内であることが分かる。

地図では赤と緑の点が明示されている。場所を確認すると宇田川町だった。

「これって、ひょっとしたら」

「ご推察通り、山路会長と妻池秘書の位置情報。これで見る限り、二人ともまだヤマジ建設本社にいるみたい」

「位置情報なんて、どうやって」

「前回、妻池のアドレスを辿《たど》って事件当時の位置を割り出したって言ったでしょ。あとは応用。山路会長のアドレスも判明したんで、二人のスマホのＧＰＳから常時居場所を特定できるようにしたんだよ」

「すごい便利なシステムなのは認めるけど」

「標的の位置が把握できなきゃ狙うこともできない。結構、移動する標的だから二十四時間態勢で監視しなきゃ」

改めて赤と緑の光点を見ていると、山路領平と妻池東司に対する憎悪と、己が行うであろう犯罪への恐怖が喚起される。

「この地図、拡大できるんでしょ」

「もっちろん」

言うが早いか、比米倉はマウスを握る。二つの光点の位置は拡大されて新たに現れた〈ヤマジ建設本社〉の文字に重なる。

「どこの建物にいるのかも分かるの」

「必要なら、どの部屋にいるのかも割り出してみせるよ」

特定屋の面目躍如といったところか。非合法な活動だとしても比米倉の腕を評価しない訳にはいかない。

だが、ふと疑問に思った。

「それだけ相手の所在が摑めているなら、いつでも計画を実行できるじゃないの」

「それがなかなか。ここ数日二十四時間態勢で二人の行動をトレースしてるんだけど」

「ちょっと待って。今、『数日二十四時間態勢』って言ったよね。要するに徹夜続きだったの」

「仕事だからね。二徹三徹は当たり前。自分のアパートに戻ったところで寝るだけだし、それくらいなら事務所に寝泊まりする方が手っ取り早いし」

「ちゃんとお風呂は入ってるんでしょうね」

「浴室は物置になっているから使えない。大丈夫。近所には銭湯もあるし」

そういう生活が性に合っているのか、比米倉の言葉から悲壮感めいたものは感じられない。それどころか大いに満喫している印象さえある。

「なかなか実行できないような話だったけど、何か理由があるの」

「数日間追跡して分かったのは、秘書の妻池が四六時中、山路会長の影みたいにくっついていて一人きりにしてくれないんだよ」

「標的が二人揃っていたら、逆に狙いやすいんじゃないの」

「それ、素人の発想。あのさ、部屋に爆弾仕掛けたり、機関銃で一斉射撃したりするんじゃないから。とにかく事故か自殺に見せかける。それが無理なら巻き添えで被害者を出しちゃいけないし、襲撃時に騒がれるのもよくない。そういう条件を満たそうとすれば、標的が一人きりでいる時を狙うのがベスト、と言うかマスト」

比米倉の言い分は歪んでいながら真っ当と認めざるを得ない。確かに鳥海たちが仕組んだと思われる過去の事件はいずれも標的一人が死に、部外者には何の迷惑も及んでいないのだ。犯罪者には犯罪者なりの道義や信条があるということか。

「これは鳥海さんが調べたんだけど、妻池はヤマジ建設に入社する以前はヤクザのフロント企業に在籍していたんだって」

初耳だった。

「その会社に四年ほど勤めてからヤマジ建設に再就職したんだけど、フロント企業の方では結構ヤバい仕事をしていたってさ。三人を殺害したのも、そういう経歴があれば頷《うなず》ける話でさ」

「ヤマジ建設もよくそんな人間を採用したものね」

「入社当時、妻池は現場だったでしょ。つまり上場する以前のヤマジ建設には、妻池みたいな人材も必要だったという一つの証明。実際、建設現場ってトラブルが付き物だからトラブルシューターはどうしても必要になる。妻池が採用されたのは需要と供給が一致した結果なんだよ、多分」

「その話が本当なら、妻池は荒っぽい仕事に慣れていることになる」

「荒っぽい仕事に慣れているなら、対処方法を心得ていても不思議じゃないしね。山路会長の護衛役として最適なんだろうけど、逆に攻略する側からすると最悪。妻池が付いている場面では本丸の山路会長を狙えない。鳥海さんもリスクが高いと話していた」

「じゃあ、山路会長の自宅はどうよ。いくら秘書でも会長宅に住み込みって訳じゃないでしょ」

「春原さあん」

比米倉は詰《なじ》るようにこちらを見る。

「山路会長の自宅がどこにあって、どんな建物なのか知ってますかあ」

「本社と同じ渋谷区内なのは知っているけど」

「お屋敷ですよ、お屋敷。それも万全の警備体制を敷いた要塞みたいな建物」

「でも八王子で七人を撥《は》ね飛ばした元高級官僚は自宅で殺されたよね」

「あんな貧乏ロートルと一緒にしちゃいけないよ。山路邸の防犯カメラは有線で繋がっていて外部から干渉できない。妻池はいないけど、警護の人間が離れに二人常駐している。潜入できるかどうかも怪しいところだね」

「じゃあ、どうするのよ」

「自宅以外で二人が離れる機会を待つしかないじゃない」

そんな機会があり得るのか。

訊こうとした時、開錠の音とともにドアが開いた。

「来てたのか」

鳥海は瑠衣を一瞥《いちべつ》しただけで比米倉に向き直る。

「動きは」

「駄目。妻池は片時も山路会長の許《もと》から離れない。まさに影だよ」

「そうか」

「妻池の方はどうだったのさ」

「隙がない」

鳥海は吐き捨てるように言う。

「社用車で山路を送り届けてからは寄り道もせず、真っ直ぐ自宅マンションに帰る。クルマでの移動だから接触事故を起こすくらいしか手がない」

「確か妻池の自宅マンションって新宿でしょ。渋谷〜新宿間なんて、どの時間帯も混雑してるでしょ。妻池の乗っているクルマだけ事故に遭わせるのは相当に難しいよね」

「おい」

　鳥海はひと睨《にら》みして比米倉を黙らせる。瑠衣の前で犯行計画を口にするのを未だに拒んでいる様子だ。

「鳥海さん。わたしを計画に参加させる契約でしたよ」

「俺たちのやり方に口を出さないのが条件だった」

「やり方に口は出さないけど、計画は教えてください。でないと仕事を遂行する上で不安が生じる。それとも、まだわたしを信用できませんか」

「あんたは仕事の依頼人だ」

「そうよ」

「信用したいのは山々だが、一方であんたは刑事でもある。喩《たと》えるなら警報装置を背負いながら泥棒に入るようなものだ。警戒して当然だろう」

「お互いに信用しないと成功するものも成功しないわ」

　鳥海は睨《ね》め上げるようにこちらを見る。

「依頼人だからという理由で全幅の信用を置ける訳じゃない。被害者遺族だからといって全てを教えられる訳でもない。警察官という肩書はそれくらい厄介なものだ。ちっとは自覚しろ」

「まさか警察を辞めろとでも言うの」

　皮肉のつもりで言ってみたが、鳥海は何事か思いついたように目を輝かせた。

「逆だ。あんたにはずっと刑事でいてほしい。可能なら、すぐにでもヤマジ建設関連の担当に戻ってほしいくらいだ」

「どういう意味」

「山路領平と妻池東司の現在地を把握できるのは説明してもらったか」

「あなたが来る前に、しっかりレクチャーを受けた」

「聞いた通り、山路領平には秘書の妻池がぴったり張り付いている。始末するには二人が自宅以外で別行動を取っている時を狙うしかない」

「護衛つきの山路会長はともかく、妻池はマンションに一人住まいなんでしょ」

「隙がない」

　鳥海は吐き捨てた台詞を繰り返す。

「地下駐車場から一階までは部屋の鍵がなければ通れない。一階エントランスの入口がオートロックなのは当然として、共連れ入館防止に顔認証システムを導入している」

「あれには参ったんだよね。２０７万画素の同軸ＨＤカメラでさ、照明の落ちた深夜帯でも誤認率五パーセント以下。色々考えてみたけど、ちょっと騙《だま》すのは難しい」

「カーテンが常時閉めきられていて窓から中の様子は窺《うかが》えない。集音マイクを向けてみると、近所迷惑にならない程度に音楽を流しっぱなしにしている。部屋のどこにいるか分からなければ狙撃もできない」

　話を聞くだけで、異常とも言える用心深さが窺い知れる。山路領平の命令なら殺人も厭《いと》わない男だ。用心深さはそうした実行力に自ずと付随したものだろう。

「妻池は山路領平の用心棒だから自宅以外では常に一緒にいる。俺たちが仕事を進めるには二人が離れる瞬間を狙わなきゃならない。だが二人の追跡システムは完備していても、そういう瞬間を事前に知っておかなきゃあまり意味はない。二人のスケジュールを把握しておく必要がある」

「比米倉さんの能力なら山路会長のスケジュールくらい盗み出せるでしょう」

「電磁記録に残っていれば可能だが、アナログで管理されていたらどうしようもない」

「調べてはいるんだけどさ」

比米倉が割って入る。

「山路会長と妻池の交信記録をチェックしていると、妻池が手帳でスケジュール管理をしているみたいなんだよな。スマホで管理してくれたら御の字だったんだけど、妙なところでアナログ」

これは頷ける話だった。実を言えば瑠衣も自身のスケジュールを手帳に記している。スマートフォンの管理機能も併用しているが、自分が書いたものは忘れにくいので手帳は手放せないでいるのだ。

「山路会長のスケジュールは是非とも入手しておきたい。ヤマジ建設関連の事件を担当している刑事なら、それは可能じゃないのか」

そういうことか。

「興味深い提案だけど、わたしは被害者の遺族だから担当を外されている」

「それで諦めているのなら、あんたが刑事である意味がない。役立たずもいいところだ」

鳥海は挑発気味に言う。

「信用されたいのなら情報収集に貢献しろ。この仕事は計画と準備が八割だ」

「依頼人なのよ」

「それと信用云々は別の話だ」

鳥海は瑠衣から視線を外さず、比米倉は興味津々という目でこちらを見ている。

二人が瑠衣を試しているのは容易に察しがつく。結果ではなく、どこまで協力しようとしているのか瑠衣の姿勢を確かめようとしているのだ。

「警察は、上司の命令は絶対で」

「知っている。俺もそこで働いていた」

「規律で雁字搦《がんじがら》めになっていて」

「自由に動こうとすればするほど不自由になる。検挙率が突出していれば話は別だが、それでも限度がある」

「わたしの検挙率なんて誇れるものじゃない」

「それはあんたを観察していれば察しがつく。少なくとも班の成績を左右するような人材じゃない。麻生さんや桐島さんの子飼いたちが活躍する中じゃ昼行灯《ひるあんどん》みたいなものだろうな」

「そこまで分かっているなら」

「昼行灯には昼行灯の利点がある。少しくらい動いたところで目立たない。最初から投げ出すんじゃなくて、まずは調べてみろよ。話はそれからだ」

揶揄《やゆ》や嘲笑に近い言い分だが、正鵠《せいこく》を射る部分もある。個人的にも山路領平のスケジュールは摑んでおきたいと考えている。

「分かった。やってみる」

「やってみるじゃなくて、やるんだ」

鳥海は凄んでみせた。

「人を手に掛けるんだ。そんな甘っちょろい覚悟の人間に仕事を任せられるか」

試されているなら受けて立つしかない。犯罪に片足を突っ込む行為であるのは承知している。鳥海の指示に従えば従うほど深みに嵌《は》まり、もう二度と抜け出せなくなることも理解している。

それでも瑠衣は退こうとは考えなかった。

2

「ヤマジ建設会長のスケジュールだと」

瑠衣の提案を聞いた宍戸は巻き舌気味に返してきた。

「どうして捜査本部がそんなことをする必要がある」

「東京地検特捜部がヤマジ建設の裏ガネ作りを探っているのは報告しましたよね。そうした事実があったとしたら会長の山路領平が知らないはずがありません。いや、むしろ山路領平の指示があったと考えるべきです」

「当然だろうな」

「ヤマジ建設の社員が三人連続で殺されました。犯人が誰かはともかく、その背景に裏ガネ作りがあったのは間違いありません」

我ながら強引な理屈だと思ったが、捜査の現状から山路領平の周囲を探るにはこの口実を使うより他に手はない。

だが捜査本部が瑠衣の具申を真に受けて山路領平の護衛を考え出したら、鳥海たちの計画を妨害する羽目になりかねない。提案は矛盾を孕《はら》んだものであり、瑠衣としても宍戸の反応を窺いながら話を進めざるを得ない。

「山路会長を護衛しろということか」

「いいえ。表だって捜査本部が動けば犯人に気取られる惧《おそ》れがあります。元々、山路会長には社内でも自宅でも護衛がついているので、我々がそこまで心配する必要はないと考えます」

「スケジュールを確認するのは山路会長を囮《おとり》にするのが目的か」

「我が身に危険が及びそうなのは、山路会長の近辺も薄々承知しています。山路会長側が何らかの動きを見せるかもしれませんし、いずれにしても本人に任意出頭を求める機会が訪れると思います」

「護衛はしないが監視はする、か。主旨は分かった」

宍戸の口調はひどく素っ気なかった。

「新しいブツも目撃証言も出てこない。実効性はともかく、今は考え得る手掛かりを片っ端から拾うしかない。管理官に上申しておく」

「ありがとうございます」

「期待はするなよ」

いったん浮き立った気分を即座に押さえつけられた。

「為す術がないからといって闇雲に手を広げるような管理官じゃない。お前も承知しているはずだ」

「はい」

しかし期待せずにはいられない。ヤマジ建設側も、警察が山路会長の身の安全を気に掛けていると知れば協力を惜しまないはずだ。日々のスケジュールくらいは容易に教えてくるだろう。瑠衣は捜査本部が入手したスケジュールを志木から流してもらえばいい。

「捜査から外されたのに、まだ執着があるようだな」

「決して執着なんかしていません」

声は少し上擦《うわず》っていたが、宍戸が察知したかどうかは分からない。

「与えられた仕事を懸命にこなしています。具申したのはちょっとした思いつきからだったのですが、少しでも役に立てばと」

「そういうことにしておこう」

とうに宍戸は瑠衣の気持ちを見透かしているらしい。見透かしていながら管理官に上申しようとしてくれるのは有難かった。


宍戸の上申に興味を持ったのか、それともよほど手詰まりだったのか、村瀬管理官は山路会長のスケジュールの入手を承諾した。早速、捜査本部はヤマジ建設秘書課に話を通し決定している範囲内のスケジュールを共有化する運びとなった。

瑠衣は煩がられるのを覚悟で、今日も志木を捕まえて山路領平のスケジュールを訊き出す。興味津々と思われて後で怪しまれるのは困るので、何気なく情報を引き出さなくてはならない。

「ヤマジ建設の方は会長の身を護るためならと、二つ返事でオーケーを出したらしい。取りあえず決定している分だけスケジュール表を提出してきた」

請われて説明する志木の声は、どこか倦《う》んでいた。

「スケジュールに何か問題でもあるんですか」

「いや、同業他社を吸収合併するような企業の会長ともなると、忙しさも半端じゃないと思ってな。まず見てみろ」

志木が差し出した紙片は九月某日のスケジュール表だった。

8:00　出社、役員と朝食会
9:00　役員会
10:00　トーキョー建築本社視察
12:00　昼食
12:30　日建連（日本建設業連合会）会合出席
14:00　同会長と懇談
16:00　全国住宅産業協会表敬訪問
17:00　東海ビル建物会長と懇談
19:00　帰宅

「朝から晩まで会議と懇談、昼食はたったの三十分。会社がブラック以前に会長の仕事自体がブラックだった。移動時間が休憩時間みたいなものだな」

「この日だけが特別多忙なんじゃないですか」

「他の日も相手が違うだけで似たようなものだ。老いて尚、意気盛んといったところか」

おそらく移動には社用車が使われる。スケジュール表からはほぼ一日中、山路領平の傍に妻池が張り付いている絵が思い浮かぶ。人と会い移動している最中は、山路領平に手が出せない。

「バブル期、建設業界はどこも馬車馬みたいに働いていたらしいが、山路会長はバブルが弾けても働き方を変えなかったんだな。もう結構な年齢のはずなのに大した爺さんさ」

「会長職にある人が昼食三十分ですか」

「古い体質の会社は、未だに古参社員が昼飯五分とか煽《あお》っているらしいからな。しかもそれを会長自ら実践しているから下の人間が碌《ろく》に休めない。全く、額に入れて飾っておきたいくらいのブラック体質だよな」

会長以下の従業員が長時間労働を強いられ、しかも裏ガネ作りに加担させられ、都合が悪くなったら消される。父親はこんな会社に人生を捧げていたのかと、瑠衣は臍《ほぞ》を嚙む。

「犯人が山路会長を狙うんじゃないかという懸念は、このスケジュールを見る限り杞憂かもな。まるで大物議員の一日だ。会長の側近か社員でもなけりゃ襲撃のチャンスがない」

志木は安堵したように言うが、瑠衣は逆に困惑する。

南大塚の隠れ家で山路領平のスケジュールを聞かされると、鳥海はつまらなそうに唇を歪めた。

「大方予想はしていたが、聞きしに勝るワーカホリックだな。そんなスケジュールを毎日繰り返されたら、妻池同様に付け入る隙がない」

「ヤマジ建設本社の玄関先に防犯カメラが設置されていてさ」

比米倉は比米倉で口を尖《とが》らせる。

「路上の防犯カメラだから簡単に盗めるんだけどさ、見ている限り山路会長が単独で本社に出入りする瞬間なんて一度もないんだよね。いつも妻池が運転する社用車で行き来している。妻池が専用駐車場に行っている時は他の秘書がぴったりくっついて離れない。何て言うか本当に影だよ」

「就業時間内で山路領平が一人きりになる機会はまずないか。待てよ、食事でレストランや料亭を利用することはないのか」

鳥海は瑠衣に尋ねてくる。この程度は調べているだろうという暗黙の確認だ。もちろん瑠衣自身も気になるので調べていた。

「朝食・昼食ともに仕出し弁当を頼んで社内で食べている。会談や懇談で会食する際は都内のホテルのレストランを利用。いずれも山路領平が単独で利用することはなく、会食相手に囲まれての食事です」

鳥海は考え込んでいる。そこで瑠衣は思いつきを話してみることにした。

「社用車を銃撃するというアイデアはどうですか。渋滞中を狙って撃てば、他のクルマや通行人には迷惑が掛かりません」

「却下」

冷静に駄目出しをしたのは比米倉だった。

「春原さん、山路会長の専用社用車って見たことあるの」

「一度だけ」

「これだよね」

比米倉の指したモニターに黒塗りの長い車体が映し出される。

「メルセデス・マイバッハSクラスS650プルマン防弾仕様。欧米やアラブ諸国ではVIP御用達の高級車。アサルトライフルどころか機関銃でも撃ち抜けないよ」

「そもそも足がつかないような始末を考えているんだ。特殊車両のドアやガラスを貫通させるような銃弾を使用したら必ず入手経路から特定される。その案はドブに捨てておけ」

銃弾を使用しないという言葉は頷けた。過去の三つの事件でも鳥海たちは決して銃を使わず事故や自殺に偽装している。とにかく手掛かりを残さず、捜査の手が及ばないように腐心しているようなのだ。

社用車に何らかの細工をして交通事故を起こさせるという手は、他の車両や通行人を巻き添えにしてしまう惧れがある。

「山路領平は妻と次男夫婦、孫、家政婦二人、離れの警備係二人と計九人で住んでいる。ガス爆発かガス漏れを装うとしても他の人間を巻き込むことになる。火事も同じ理由から採用できない」

鳥海も考えあぐねるように首を傾げた。

さあ、どうする。

様々な手段をあでもないこうでもないと検討しているうちに、はっとした。

職場では度々感じていた罪悪感や恐怖が、この隠れ家に入った途端に雲散霧消している。いや、それどころか鳥海たちと計画を練っていると昏《くら》い昂揚感さえ覚える。

とうに覚悟を決めたとは言え、己の中に殺人計画を嬉々として進める残虐さがあった事実に怯える。

二重人格でもなく、一人の人間が表と裏の顔を使い分けているだけの話だ。いったい、いつから自分はこんな浅ましい人間に成り下がってしまったのだろうか。

「いくら山路領平がワーカホリックでも、三百六十五日同じスケジュールな訳がない。どこかで数時間の間隙があるはずだ。先方の都合で予定がキャンセルになる可能性もある。会社が休みになる土日祝日はどうだ。盆暮れや正月はどうだ」

独り言のようだから瑠衣は口を挟まずにいた。鳥海というのは相手と問答を繰り返すのではなく、自問自答しながら最適解を見つけるタイプらしい。

「スケジュールが判明するのは何日前からなんだ」

「一定ではないけど、前の週までには確定するみたいです」

「スケジュールの把握は継続しろ。今は隙がなくても、いつかどこかで綻《ほころ》びが生じる。それを狙う」

長期戦になるのか。

鳥海の考えは妥当だし、明確に否定する理由も思いつかない。問題は瑠衣の個人的な理由にある。

明らかになった己の残虐さと向き合い続けて、何日自我を保てるのか。下手をすれば人格が大きく歪んでしまうのではないか。

鳥海と契約を交わした際、瑠衣は暗渠《あんきょ》に引き摺り込まれた。時間が経てば経つほど、全身が暗渠の毒に侵されていくような絶望を感じていた。

瑠衣の懊悩《おうのう》を知ってか知らずか、鳥海が言葉を継ぐ。

「まさか、数日で片がつくとでも考えていたのか」

「いいえ。でも今の話だと年末や新年まで待ち続けることになりかねませんよね」

「世の中には殺しやすい人間とそうでない人間がいる」

「命の重さに格差があるとでも言うんですか」

「金持ちで社会的地位のある人間は色んなものに護られている。社会におけるポストの重要性、周囲に集まる取り巻き、家族、セキュリティ。一方、貧乏で何の肩書も持たないヤツは軽々に扱われ、親身になってくれる友人も家族もない。他人から認識されないなら透明人間と同じだ。だから、ある日突然死んだとしても誰にも気づかれない。死なれて困るのは、そいつにカネを貸したヤツくらいだ」

ヤマジ建設の会長ともなれば、その一挙手一投足が注目される。亡き者にするには厄介で手間暇が掛かるという理屈だ。

「いつも犯罪者を追う立場じゃ、なかなか思い至らないだろうが、犯罪にも経済原理が存在する。実行する側とすれば最小の投資で最大の利益を上げたいのは山々だが、そうそう上手くはいかない。大きな獲物を狩るにはそれ相応の準備と投資が必要になってくる。俺たちが以前に手掛けた仕事と一緒にするな」

瑠衣は頷くより他になかった。

九月の終わりに差し掛かっても山路領平のスケジュールに空隙が生じる気配は一向になかった。

「あの山路会長ってのはバブルの怨霊なんだな」

捜査会議が始まる直前、瑠衣を前にして志木は呆れたように言った。

「あの齢にして下手したら俺より働いている。嘘か真かバブル絶頂期には『二十四時間戦えますか』なんてCMががんがん流れていたそうだから日本全国がブラック企業みたいなものだったんだろうな。あの爺さんは未だにその頃の夢を食って生きているような気がする。まあ、中堅ゼネコンの会長ともなれば、あれくらい働いて当然なんだろうが、俺はご免こうむりたいね」

「大丈夫ですよ、志木さんなら。なろうったってなれるものじゃないし」

「うるさいよ。しかし何だな。仕事に二十四時間三百六十五日を捧げて嬉々としているのは、あの世代が最後かもしれないな。今、あんな仕事人間は絶滅危惧種だし、そもそも社会が求める人材じゃない。その意味じゃ本当に怨霊だ。バブル崩壊後、失われた二十年の失望と怨嗟《えんさ》の依《よ》り代《しろ》として財界を徘徊している」

バブルの怨霊というのは言い得て妙だと思った。瑠衣が物心つく頃からヤマジ建設に勤める誠也は仕事一辺倒の人間で、日曜日でさえ出勤する時があった。朝から晩まで会社に尽くし本人の実入りも増えたが、会社はそれ以上に肥え太った。おそらくこの国に存続する多くの企業が似たようなものではないのか。

だが山路領平はバブルが崩壊しても尚栄華を誇った時代を忘れられず、かつて見たのと同じ夢を食い散らかしている。誠也を含めた三人は、その夢の犠牲になったようなものだ。

「ただ、このスケジュール表を眺める限り、山路会長が一人きりになる時間は寝る時くらいだ。万が一、犯人が彼の命を狙っているとしても成功する確率はコンマ以下だな」

だから瑠衣は困り果てているのだ。

鳥海は山路領平と妻池を始末するべく着々と準備を進めている。詳細は告げられていないが、会う度に肌で感じる。それなのに襲撃の機会が未だに定められない。長期戦になるのは覚悟していても、瑠衣は自分の心身が保てるかどうか自信が持てずにいる。

「時間だ」

志木は会議に出掛け、少し遅れて瑠衣も別の会議へと赴く。

大量毒殺事件の方も進捗が止まっていた。こちらは、容疑者は特定しているものの足取りが全く摑めずにいる。全国指名手配も功を奏せず、管理官の顔色は日増しにどす黒くなっていく。居並ぶ捜査員たちの表情も強張っている。解決しない事件は被害者遺族のみならず捜査員の心も蝕《むしば》んでいく。

以前とは違い、山路領平と妻池の動向が気になりながらも管理官の言葉を咀嚼《そしゃく》できている。再び刑事の業務に傾注できるようになったのは歓迎すべき変化だったが、見方を変えれば表裏の使い分けに慣れてきた証拠であり、健全なものとは言い難かった。

新たに報告される事柄も少なく、会議は早々に終了した。瑠衣は刑事部屋に戻り、命じられた報告書を纏《まと》め始める。

志木が戻ってくるのは当分後になるだろう。そう思った矢先に本人が姿を現した。

「お互い早かったですね」

ヤマジ建設関連の事件でもほとんど進捗がなかったに違いない。

だが志木が最初に発した言葉は耳を疑うものだった。

「親父さんの事件だがな、業務上過失致死で立件することに決まった」

思わず腰を浮かしかけた。

「クレーンを操作していた楠木昭悟の過失と断定して送検する」

「そんな。だったら藤巻亮二や須貝謙治の件はどうするんですか」

「会議でその話も出た。藤巻の件は事故、須貝の件は事件として継続。三つの事件はそれぞれ切り離して捜査することになった」

三つの事件を切り離せば、自ずと投入される捜査員の数も調整されてしまう。かたちの上はどうあれ、実質的には捜査態勢の縮小でしかない。

いささか性急とも言える判断に違和感があった。村瀬管理官らしからぬ性急さだった。

唐突に思い至った。

「どこからか圧力が掛かったんですね」

瑠衣の問い掛けに、志木は表情を曇らせた。

「会議の席で、そんな話は出なかった。しかし管理官は歯切れが悪かった」

村瀬の歯切れが悪いのは、自身の思惑通りに事が運ばなかった時と相場が決まっている。

「事前の根回しがあったらしく、津村課長や班長に驚いた風はなかった。誰も口にしたがらないだろうが、十中八九上からストップが掛かっている。考えてみれば予兆があった。先週の金曜日、山路会長は国交省に出掛けて大臣と面談しているよな」

ヤマジ建設が同業他社を吸収合併して大手ゼネコンと肩を並べるようになった。だから国交大臣に表敬訪問するのは半ば慣例なのだろうと勝手に解釈していた。

「ヤマジ建設は東京二〇二〇オリンピック・パラリンピックが終了した後も選手村跡地に大規模集合住宅を建設する計画になっている。警察の捜査が入るせいで工事が遅延するとなればヤマジ建設のみならず国交省の予算や面子《メンツ》にも関わってくる。省の面子が絡んでくれば連中は躊躇《ちゅうちょ》なく手を突っ込んでくる」

志木は面目なさそうにこちらを見る。

「残念だったな」

表情筋が強張《こわば》るのが自分で分かった。

これで山路領平を法的に追い詰めることは事実上、不可能になった。瑠衣や藤巻と須貝の遺族の無念は晴らされず、ヤマジ建設は死者と遺族の悲憤を踏みにじって、より巨きくなっていく。

山路領平たちを裁ける者はもういない。

瑠衣と鳥海たちを除いては。

「業務上過失致死で立件することは、まだヤマジ建設側に通告していないんですね」

「ああ、それまでは機械的に山路会長のスケジュール表が送り続けられる」

逐一報告してもらうとしよう。

捜査本部が山路領平に見向きもしないと分かった途端、ふっと気が楽になった。肩の荷が下りたと言うよりも、今《いま》まで我が身を縛《いまし》めていた紐がぷっつりと切れたような感触だった。

警察官の職業倫理は息を潜めた。

抑えられていた昏い感情が俄《にわか》に炎上する。

3

「決行は今月末に決めた」

鳥海の声はひどく乾いていて感情が読めない。南大塚の隠れ家に呼ばれての第一声がこれだった。

急な話に瑠衣は戸惑いを隠しきれない。山路領平には絶えず妻池が付き従い、そうでない時はセキュリティ万全の建物に護られている。秘書課経由でスケジュールを調べてみても、まるで隙がない。山路と妻池を始末するにしても他人を巻き込まない前提では、なかなか計画が立てられなかったのだ。

「急な話ですね」

「山路領平を妻池の庇護から離し、一人きりにする機会がやっと到来した。それが今月末だ」

「どうして分かったんですか」

代わりに話せというように、鳥海は比米倉に目配せをする。比米倉は得意げな顔で説明を始める。

「ひと昔前は通達や連絡を紙ベースで流していた会社もあったらしいけど信じられないよね。非効率でゴミを増やすだけだしね。〈ヤマジ建設〉は社内メールでやり取りをしてくれて助かった」

「坊や、要点を話せ」

「本社のホストコンピューターにハッキングして社内人事や通達関係を漁《あさ》ってたんだよ。そしたら、こんなのが発信されていた」

比米倉が目の前のキーを叩くと、モニターに文書が表示された。

『社員各位
来たる十月三十一日はハロウィンです。毎年、当社本社ビル前からJR渋谷駅ハチ公口近辺はコスプレ姿の通行人で溢れ返り、今年もスクランブル交差点を中心として相当な混雑が予想されます。昨年は人混みのあまり駅に辿り着けない社員が続出したとの報告も受けています。

三十一日の夕方から翌朝にかけては予期せぬアクシデントに巻き込まれる可能性もあります。社員の皆様におかれましては、当日は早帰りを心掛け、またタクシー等の利用を控えてください。交通機関の運行支障で電車も使用できない場合は会社近辺のホテル等を利用してください。その際は上長に申請を上げ、宿泊料金は経理マニュアルに従って仮払いで処理してください。総務部』

瑠衣が最後まで読み終えるのを待たず、比米倉が後を続ける。

「この文書が全社員宛てに一斉送信されたのが十月の十七日。そしてこれが前々日の十五日、会長室で録音された山路会長と妻池の会話」

手渡されたヘッドフォンを装着すると、環境音混じりに彼らの声が聞こえてきた。

『じゃあ三十一日は役員たちもクルマを使えないのか』

『警察からもなるべく控えてくれと連絡がありました。ハロウィンに参加する連中の中には酔っ払いもいるそうですから、騒ぎに巻き込まれないようにという配慮ですよ。実際、販売部長のクルマが徐行中にキズをつけられたこともありましたからね』

『もはや暴徒みたいなものだな』

『世の中や富裕層に恨みを抱く者は少なくありません。日頃の鬱憤《うっぷん》を晴らすためにハロウィンに参加する者もいます』

『やれやれ。君子危うきに近寄らずか。しかし当日はどうする。社員には早帰りを推奨しているのだろう』

『三十一日は〈東海ビル建物〉会長との打ち合わせがあります。当社幹部の受け皿を調整する会議なので絶対に外せないのですが、早く切り上げたとしても夕方五時を過ぎるかと思います』

『ハロウィン騒ぎの真っ最中か。しかし当日は駅前からセンター街に至るまで人の波と聞いている。クルマなしでいったいどうやって帰宅する。まさか人混みを掻き分けて数十年ぶりに電車を使うのか』

『一応、電車も選択肢の一つですが、駅前から外れた場所に会長のおクルマを待機させておき、そこまでは徒歩で進むのが一番現実的かと』

『コスプレ姿をした連中を敵陣突破する訳か』

『ひと時もわたしが会長から離れません。ご安心ください』

束の間、山路の言葉が途切れる。何か考え込んでいるのだろうか。世間話のような口調だが、瑠衣は固唾を呑んで聞き入っている。

そして山路は全く予想外の提案を口にした。

『連中は全員、イカれた格好をしているんだろう。そんな中に普段着のままでいたら目立ってしょうがない。それこそ要らぬアクシデントを呼び込まないとも限らない』

『それはそうですが』

『ただし回避する方法もある。要は彼らに同類と認識させればいいだけの話だ』

『まさか、会長』

『そうだ。我々も扮装すればいい』

『しかし、それは』

『出来のいい扮装だったら、写真を社内報に載せる。最近は一般社員と触れ合う機会がゼロだからな。たまにはリーダーのフレンドリーな部分をアピールするのもいいだろう』

『はあ』

『他人事のような顔をしているな。言っとくが、会長が扮装しているのに秘書が素というのは有り得ん。お前も何かに化けてこい。この機会に秘書課も全社員に存在をアピールしろ』

盗聴はしばらくの後に終わった。

「鳥海さん、これって」

「どんなに隙のないヤツでも、やること為すこと上手くいけば有頂天になる。有頂天になれば脇も甘くなるし隙もできる」

獲物を照準に捉えたハンターの目だった。

「山路会長がほぼ無防備の状態に置かれるのは理解できます。確かに千載一遇のチャンスだと思います。でも会長には絶えず妻池が影のように付き従っているんですよ。しかもハロウィンの渋谷なんて、とんでもない人だかりなんですよ。そんな状況下で、どうやって二人を始末するつもりですか」

「心配には及ばない。ちゃんと考えてある」

鳥海は事もなげに言う。いささかも揺るぎのない口調にいったん安堵するものの、その自信が過去の仕事に根差していることを考えると素直に喜べない。

次いで鳥海は二人の殺害計画を話し始めた。瑠衣にはまだ怯えがあったが、当初のそれとは比較にならない。計画の全貌を聞き終えると、不確実な点はあれども充分実行可能な案だと思えた。

「無論、当日までに仕入れなきゃならない情報がまだ山のようにある。今回は素人のあんたが参加するから、より入念な打ち合わせも必要だ。だが、それにも増してあんたには大きな課題がある」

「何ですか」

「アリバイだ。あんたはヤマジ建設関連の事件で被害者遺族の立場にある。山路会長と妻池が殺害されたとなれば、被害者遺族は重要参考人の一人に数えられる。あんたが捕まったら俺たちも一網打尽になっちまう」

鳥海たちのことは決して喋らない。そう断言したところで鳥海たちは信じないだろう。瑠衣が現職の警察官である事実を抜きにしても、まだ二人からは十全の信頼を得られていない。

「共倒れはご免だ。だからアリバイを作れない限り、あんたの参加を認める訳にはいかない」

「アリバイなら何とかします。鳥海さんたちに迷惑は掛けません」

首都圏を恐怖のどん底に陥れた大量毒殺事件は一応の落ち着きを見せ、捜査は依然継続しているものの瑠衣は担当から外された。計画予定の三十一日にどんな仕事が待っているかは天のみぞ知ることだが、いずれにしても鳥海の要求を満足させなければならない。

「わたしを外したら、この仕事自体キャンセルにしますよ」

半ば脅すように瑠衣が告げると、鳥海は忌々しそうに舌打ちをした。先行投資が嵩《かさ》み、ここまで計画が進めば後戻りも難しいのだろう。鳥海に対して強気に出るなど以前には想像もできなかったのだが、いったん堕ちることを覚悟すると肝が据わるものだと思った。

「どんな方法でアリバイを拵《こしら》えるのか説明はしろ。繰り返すが、あんたと心中する気はさらさらないからな」

「任せて」

瑠衣は大きく頷いてみせたが自信はまるでない。アリバイを崩す立場だった人間が、今度は偽装する側に回るのだから勝手が違って当然だ。

だが決行日の三十一日までの二週間足らずのうちに、瑠衣は偽装工作を自ら考案しなければならなくなった。


刑事一人一人は常時、複数の事件を抱えているので、大量毒殺事件を外されても瑠衣にはまだ担当継続の案件がいくつか残っている。そのうちの一つが指名手配中である柏崎洋七《かしわざきようしち》の立ち寄り先を張り込む仕事だった。

殺人容疑の掛かっている柏崎は複数の女性と交際しており、瑠衣は志木と二人でうち一人の女性宅を連日張り込んでいた。

そしてハロウィンを一週間後に控えたその日、瑠衣は宍戸から指示を受けた。

「しばらく一人で張り込みしてもらう羽目になる」

宍戸は既に決定事項のように言う。慢性的に人手不足の捜査一課では二人一組という原則も崩れる機会がままあった。

「志木さんに何か不都合があるんですか」

「容疑者の別の立ち寄り先が判明した。例に洩れず深い関係にあった女らしい。まったくお盛んなことだ」

容疑者の男が付き合っていた女性は判明していただけで三名もいた。新たに一人増えた訳だが、これが最後の一人とは限らない。

「志木には四人目の彼女を張ってもらわなきゃならない。住んでいるマンションはお台場だから、お前の持ち場からも離れる」

「援軍はなしですか」

「どこの班も手持ちの駒だけで動いている。援軍は欲しいが、ままならん。都内は事件が多過ぎるんだ」

宍戸は吐き捨てるように言い放つ。瑠衣は神妙な面持ちで聞いているものの、心中は降って湧いたような幸運に頰を抓《つね》りたくなる。

瑠衣たちが張っていた三人目の女性牧村《まきむら》加津美《かつみ》は道玄坂上に住んでいる。道玄坂上ならJR渋谷駅まで目と鼻の先ではないか。上手くすればアリバイを成立させて鳥海たちに合流できるかもしれない。

「一人体制になる訳だから、現場に柏崎が現れても闇雲に逮捕しようと思うな」

さすがに瑠衣はむっとしたが、続く宍戸の言葉には頷くより他になかった。

「逮捕の瞬間が一番危険だというのはお前も承知しているだろう。功を焦るな。確認次第、俺に連絡をすればいい」

「でも柏崎がその場から逃走を図れば、連絡もそこそこに追跡せざるを得ません」

「追うのは一向に構わん。貸与しているスマホにはGPS機能が搭載されている。どれだけ移動しても、こちらで把握できる」

降って湧いたような幸運が、たちまちのうちに潰《つい》える。隙をみて張り込み地点から鳥海たちに合流しようとすれば、GPSで行動の一部始終が知られてしまう。天空から監視されているようなもので、瑠衣は身動きが取れない。

「お前は常に見守られている。心配するな」

進退窮《きわ》まった瑠衣にはお構いなく、宍戸は要らぬ気遣いをみせる。

「宍戸班はいつも一緒だ」

いや、一緒では困るのだ。瑠衣は内心の動揺を悟られまいと表情を硬くする。それが程よい緊張にでも見えたのか、宍戸は満足そうに頷いていた。


「GPSで捕捉されながらの追跡ねえ。まるっきり鎖に繋がれた犬じゃん。あ、元々、国家権力の犬だったよね」

話を聞いた比米倉は愉快そうに皮肉を浴びせる。犯罪行為を続けてきたから警察嫌いになったのか、もともと警察が嫌いで犯罪行為に走ったのか、一度比米倉本人に訊いてみたいものだと思った。

「GPSに束縛されない、何かいい方法はないの」

瑠衣は縋《すが》るような思いで食い下がる。ハロウィンの日、鳥海たちと合流できる機会はこれをおいて他には考えられなかった。

「道玄坂と渋谷駅なんて至近距離じゃん。警察が運用している程度の雑なGPSなら多少移動したって分かりゃしないでしょ」

「ずいぶん警察の装備を甘くみてくれているみたいだけど、ウチも遅ればせながら〈みちびき〉の運用を始めたのよ」

「へえ」

〈みちびき〉の名前を聞いた途端、比米倉は少し感心していた。立場や信条よりも、相手の所有する装備や技術に興味があるらしい。

二〇一八年、準天頂衛星〈みちびき〉のサービス提供が始まった。このシステムQZSS(Quasi-Zenith Satellite System)はGPSとの互換性を持っており、GPSと同じように衛星からの電波によって位置情報を計算する。また従来のGPSと組み合わせることによって、今まで誤差数メートル単位だった位置測定の精度がわずか数センチ単位まで向上する。

「完全な受け売りなんだけど、〈GNSS　View〉っていうアプリを使っている」

「任意の時間と場所を指定すると、公表されている測位衛星の軌道情報で衛星の配置を計算してAR(現実の映像とデジタル情報を合成した映像)表示してくれるアプリだよ。俺も使ってる。確かに、このシステムだと身動き一つ取れないよなー」

「それじゃあ困るのよ。何とかしてよ」

「方法がない訳じゃないんだけどさ」

「待てよ」

比米倉の言葉に飛びつこうとした瞬間、それまで黙っていた鳥海が口を挟んだ。

「あんたが持ち場を離れている時に、その柏崎が現れたらどうするつもりだ。当座はともかく、後になって自由行動していたのがバレたら言い逃れできんぞ」

「それで警察を辞める羽目になっても後悔はしません」

「あんたの後悔なんてどうだっていい。俺たちがとばっちりを食うと言ってるんだ」

「とばっちりを食うのが嫌なら、いい方法を考えてください」

瑠衣は半ば開き直っていた。見苦しいと思われようが鳥海たちの作戦に参加しなければ、自分で父親の仇を討つ機会は永久になくなってしまう。

「今度は逆に脅しにきたか。とんでもないお巡りさんだな。プロに任せるっていう真っ当な選択肢はないのか」

「元々、真っ当な仕事じゃないでしょ。もう、なりふり構っていられないのよ」

恥も外聞もなかった。鳥海も比米倉も瑠衣の振る舞いに毒気を抜かれたのか、呆れたような目でこちらを見ている。

「今までだって人の恨みを晴らしてきたんだから、残された者の気持ちだっていい加減、分かるでしょう。本当はあなたたちの手なんて借りたくない。自分一人で山路領平と妻池を始末したい。それで警察を辞めさせられようが罪に問われようが、どうだっていい」

多分に自暴自棄になっているのは否めない。それでも誠也たちの無念を思えば、己の本音を吐露することに何の躊躇《ためら》いもなかった。

　鳥海は聞こえよがしに舌打ちしてみせる。

「いい歳してガキみたいに愚図るのはやめろ。みっともない」

「復讐するのに歳なんて関係ない。現に鳥海さんだってこの仕事、最初は個人的な復讐だったじゃないの」

　図星を指されて鳥海は黙り込む。鳥海が圧《お》されるのは珍しいのか、比米倉が興味津々といった体《てい》で二人のやり取りを眺めている。

「今のは鳥海さんが一本取られたね」

「うるさい」

　鳥海からひと睨みされると、比米倉は小さく舌を出す。

「仕方がない。あんたが俺たちに合流でき、尚且つ持ち場を離れたことが分からないような手段を考える」

「ありがとうございます」

「今から手順を説明する。その上で、あんたは山路会長と妻池のどちらを手に掛けるかを決めろ」

　鳥海は殺害計画の詳細を説明し始める。聞けば聞くほど突飛な内容だが、我が世の春を謳歌する山路領平はかつてないほど警戒心が薄れている。従って奇抜であればあるほど、山路領平の常識を超えて実現性が高くなる。

　話を詰めていくと、瑠衣は己の標的とするべき相手が次第に見えてきた。

「わたしは山路領平を狙います」

するとと鳥海は当然だというように頷いてみせた。

「妥当な選択だ。あんたが妻池を狙うと言い出したら、全力で阻止するつもりだった」

「だったら最初から言えばいいじゃないですか」

「一応、依頼人の要望を聞くだけは聞こうと思ってな」

「わたしが妻池相手では力不足だからですね」

「そうだ。俺たちが知り得ただけで既に三人も殺している。ヤマジ建設入社以前の経歴も含めて危険な相手なのは明白だ。一種のプロだな」

「わたしだってプロですよ」

「警察官は人殺しをしない」

だが自分は人殺しのプロだ。まるでそう言っているように聞こえる。

そして自分は人殺しの仲間なのだ。

改めて吐き気を催す恐怖が足元から立ち上る。隠しきれない怯懦《きょうだ》が顔に出たらしく、鳥海がこちらを覗き込んできた。

「どうした」

「何でもありません」

「いよいよ実行段階にきて怖気づいたか」

「違います」

「違わない。至極普通の反応だ。逆に落ち着き払っていたら、尚更あんたを信用できなくなる」

どこか矛盾した理屈だが、鳥海の口から発せられると妙な説得力がある。

だが瑠衣がほっとしたのも束の間、鳥海はひどく冷淡な言葉を吐いた。

「後で恨まれても寝覚めが悪いから、今のうちに言っておく。もし計画の途中あるいは終了後にあんたが失敗して捕まるような羽目になったら、全てを自白しちまう前にその口を塞ぐ」

こちらを見る鳥海の瞳は昏く、底が見えなかった。

4

十月三十一日午後四時、宮益坂。三人目の関係者牧村加津美が勤め先のビルから出てきた。いつもは六時以降の退社が早まっているのは、言うまでもなく自宅周辺でハロウィンの大混雑が予想されるからだ。

尾行していた瑠衣は彼女の三十メートル後ろからついていく。ＪＲ渋谷駅に近づくにつれてコスプレ姿の若者が目立つようになってくる。

駅周辺では物見やぐら代わりの足場が組まれ、渋谷署の警察官たちが通行人たちに警告を流し続けている。

『ここでは撮影しないでください』

『立ち止まらないで』

『そこのスパイダーマンのコスプレした人。ナンパするなら他でしてて』

区や地元警察では前々日から厳戒態勢を敷き、警備スタッフの巡回パトロールや交通整理に時間と人を割いていた。だが、ハロウィンで弾けたいと思う者たちを収容できる巨大な場は他に見当たらず、例年と同様にJR渋谷駅前は祝祭の空間になろうとしている。

駅前を歩いていて気づくのは、コスプレ姿の通行人は警官や警備スタッフの指示に案外おとなしく従っていることだ。むしろ問題行動を起こしているのは、通行の流れに逆らって勝手気ままに撮影している若者やナンパをしている軽薄そうな連中だった。去年までなら瑠衣も眉を顰《ひそ》めていただろうが、現金なもので今年はむしろ混雑に拍車をかけてくれるので好都合ですらある。

牧村加津美は人波を縫うように道玄坂を歩き続け、自宅マンションに到着した。瑠衣はスマートフォンに繋いだマイク付きイヤフォンを右耳に装着したまま小声で連絡する。

「対象、戻りました」

『何かしら接触はあったか』

「JR渋谷駅前を通過しましたが、混雑していたにも拘《かか》わらず誰も接触してきませんでした」

『依然、柏崎は他の女のところにも姿を見せてない』

声からも宍戸の焦燥に駆られた顔が浮かんでくるようだった。

『そろそろ逃走資金も底をつきかけている頃だ。必ず女の家に逃げ込むはずだ。蟻の這い出る隙間も見逃すな』

通常、張り込みは交代制だが、今回に限っては彼女が翌朝家を出るまで瑠衣一人が担当することになっている。これも普段なら宍戸の人使いの荒さに憤慨するところだが、今回に限っては渡りに船だ。

『肌寒い中、徹夜で張るのはキツいだろうが文句は後でいくらでも聞いてやる。とにかく今は柏崎の確保だけを考えろ』

「大丈夫ですよ」

宍戸の話は半分も頭に入ってこなかった。

「きっと上手くいきますよ」

通話を切り、瑠衣はマンション付近に停めていた覆面パトカーの中に身を潜める。潜んでいるのを気取られないためにエンジンは切っているので、エアコンも動かせない。

マンションの出入口は一階正面玄関とゴミ集積場のみだが、この位置からなら二カ所を同時に監視できる。こうしている間にも貸与された連絡用スマートフォンからは絶えず位置情報が発信され、捜査本部では瑠衣の行動がセンチ単位で表示される。何のことはない。肉眼で対象を監視している自分は、もっと緻密で周到なシステムに管理されているのだ。

午後四時四十分、車内は外より寒くなかったが、瑠衣は自分の肩を抱いていた。背筋に悪寒が走り、小刻みな震えが止まらない。

これから自分は警察官であるにも拘わらず殺人を看過し、あまつさえ自らも人を殺す。復讐は正当な権利であり、山路領平も妻池も生かしておけば新たな犠牲者が出る。だが現行法では二人を裁くことができない。二人をこの世から抹殺するには充分な理由が存在する。

しかしどんな理屈にせよ、法による秩序を護るべき自分が自らの意思で法に背く事実は否定できない。

何度も自分に言い聞かせた。

何度も誠也の無念を思い出した。

何度も覚悟した。

それでも、まだ今に至っても胸は張り裂けそうになっている。己の優柔不断がこの上なく情けなく、同時に安堵する。

四時四十五分、瑠衣は両手で自身の頬を叩いた。

法を破り、人を殺《あや》める自分は地獄に落ちるに違いない。もう、それで構わない。誰かがわたしの骸《むくろ》に唾を吐きかけても甘んじて受けよう。

以前から考えていた。人を呪わば穴二つ。人を殺す者は殺される立場になっても文句は言えない。山路領平と妻池を地獄に落とそうとするなら、我が身も地獄に落ちて然《しか》るべきなのだ。

『瑠衣さん』

左耳に装着していたイヤフォンから比米倉の声がした。

『そろそろ時間』

「分かってる」

瑠衣は狭い車内で着替えを済ませると、ゆっくりとドアを開けた。辺りを見回してみると、JR渋谷駅に向かう通行人の何人かは思い思いの扮装に身を包んでいる。

瑠衣もまた或るキャラクターに扮していた。メイクではなく、ただマスクを被るだけなので手間はかからない。車外に出ると、早速比米倉から突っ込まれた。

『似合うじゃない』

「マスクをしているだけよ。似合うも似合わないもないじゃない」

比米倉が軽口を叩くのは、少しでも瑠衣の緊張を解《ほぐ》すためだと分かっている。ただし軽口の当人は目の前にはいない。上空に滞空しているドローンから撮影しているのだ。無論二百グラム未満の小型ドローンをハロウィンのＪＲ渋谷駅周辺に飛ばすには、事前に警察署へ通報書を提出する必要があるが、比米倉にそんな遵法精神は欠片《かけら》もないだろう。

コスプレ姿の通行人たちに混じって駅へと向かう。

駅前はすっかり人で埋まっていた。人気アニメやアメコミのキャラクターに扮した通行人と、彼ら彼女らを撮影しようとする者たちで溢れ返っている。足場の上では警官がしきりに注意を呼び掛けているが、あまり効果はないようだ。何万人と集まった者たちが決められた行動を取るはずもなく、人混みは常にどこかで揉み合い、すれ違い、衝突している。

異世界に迷い込んだような錯覚に陥りかけたが、自分も同様の格好であるのを思い出して気を取り直す。ここでは非日常こそが日常であり、瑠衣も同類なのだ。

瑠衣は辺りを見回し、山路領平と妻池の姿を探す。時刻は既に午後五時を過ぎている。事前に仕入れた情報では二人ともそろそろ退社する時間のはずだ。

「比米倉さん」

『ちゃんと聞こえているよ。てか、見えている』

「駅前上空にまでドローンを飛ばしているの」

『さすがにそれは目立つでしょ。駅前に設置された防犯カメラの映像を拝見してるんだよ』

「山路領平と妻池は今どこにいるの」

『本社ビルを出て、いまちょうど駅前エリアに足を踏み入れたところ』

「どこよ。場所を教えて」

『瑠衣さんの位置からなら大盛堂書店の方向だよ』

指示された方向に視線を向ける。

いた。

怪物の被り物をした山路領平の後ろに特撮ヒーローのマスクをした妻池が立っている。怪物とヒーローの組み合わせなら並んでいて何の違和感もない。盗聴している最中、山路領平が『どうせ化けるなら、俺は怪物がいい』と言い出した時には開いた口が塞がらなかった。ただ以前より自らを『建設業界の怪物』と自称していたくらいなので、当然の選択なのかもしれない。傑作だったのは妻池の反応で、『俺が怪物だからお前はヒーローを演《や》れ』と命令されると、気配だけでも嫌がっているのが丸分かりだった。

とにかく山路たちに近づかなければ話にならない。瑠衣は人波を掻き分けながら二人に接近していく。だが着慣れないコスチュームとあまりの人混みが災いして上手く進めない。早くしなければ山路たちが駅前から出てしまう。そうなれば襲撃の機会も失せてしまう。

焦るばかりでなかなか前に進まない。するとその時、耳元で囁《ささや》かれた。

「もたもたするな」

声に振り向くと、隣にピエロがいた。

言うまでもなく鳥海が扮装した姿だった。被り物ではないにせよ、徹底的に派手なメイクをしているので鳥海を知る者も本人とは気づかないはずだ。事前にそうと知らされていなければ、瑠衣にも分からなかっただろう。

鳥海は瑠衣の手首を摑んで先導する。こうした状況にも慣れているのか、鳥海は難なく山路たちの後方に回り込むことができた。

正式なパレードでもないのに周囲は異様な盛り上がりを見せている。誰が鳴らしているのか大音量の曲が流れ、歓声と罵声、混乱と解放が綯《な》い交《ま》ぜになって狂騒的な昂揚感を醸成する。

『そこ、固まらないで』

『大音量で曲を流さない』

『撮影禁止ぃ。通行の妨げにならなあいっ』

警官たちが声を嗄《か》らして警告しても、喧噪に掻き消されてしまう。いきなり路上で踊り出す者まで現れ始めた。この空気ならば乱闘や暴動が起きても不思議ではない。

瑠衣はともすれば薄らいでいく判断力を必死に繋ぎ留めて山路たちの背後に忍び寄る。彼らと接触するまであと五メートルの地点まで進んだが、前を横並びで歩く女の子たちに阻まれてそれ以上はなかなか近づけない。

その時、比米倉から連絡が入った。

『そろそろ拡散するからねー』

直後、前を練り歩いていた女の子たちの一団が素っ頓狂な声を上げた。

「嘘っ、〈COOLE〉がハロウィンに参加してるって。それもメンバー全員」

「ゲリラライブって。十七時十五分スタートだって」

「会場、プラザ前って。目の前じゃん」

「行くべ」

彼女たちを含め、SNSで拡散されたニュースを見た者たちが一斉に東急プラザの方向に雪崩《なだ》れ込む。〈ＣＯＯＬＥ〉は男性アイドルグループだが、渋谷駅前でゲリラライブを敢行するというのは比米倉が意図的に流したデマだ。

そんな単純なデマが本当に通用するのか。計画の詳細を知らされた瑠衣が疑問を投げかけると、比米倉は自信たっぷりにこう言ったものだ。

『当日、渋谷駅前はお祭り状態で大方の人間は平常心を失くしている。アイドルグループのハロウィンゲリラライブなんていかにもありそうな話だからね。普段はこの手のニュースに懐疑的な子も、場の雰囲気で簡単に乗せられる』

ずいぶんとファンを馬鹿にした計画だと思ったが、実際には効果覿面《てきめん》だった。突如として発生した人波で、駅前の人だかりが歪んだ崩れ方をする。群衆は押し倒され、同行者と引き剝がされる。混乱が生まれる。歓声は悲鳴となり、罵声は怒号に変わる。

山路たちも例外ではなかった。横方向の力に引かれ、山路と妻池があっという間に離れていく。妻池は慌てる素振りを見せるが、前を歩いている山路は周囲の変化に気づかないのか悠々とした足取りだ。

「今だ」

鳥海の合図とともに瑠衣は駆け出した。

まず鳥海が妻池を背後から羽交い締めにする。その一部始終を隠すように瑠衣が妻池の前に立ちはだかる。

「貴様、何を」

鳥海はみなまで言わせなかった。妻池の上半身を抱きかかえるように口を封じ、隠し持っていた長針のアイスピックを右肋骨の下から深々と突き刺した。

妻池は両目を大きく見開いたがひと言も発しない。当然だろう。鳥海の放ったアイスピックは先端に仕掛けが施してあり、持ち手のスイッチを押すと花弁のように開くようになっている。刃先が心臓に達していれば内部から組織を潰すことが可能だ。相手に抵抗らしい抵抗も許さない、見事な始末だった。

瑠衣は目の前で殺人が行われるのを看過した。いや、看過どころか隠蔽《いんぺい》までした。助けを求めているのか、それとも瑠衣たちを詰《なじ》っているのか表情からは判別できない。だが互いの息が掛かる距離で、妻池の目から急速に光が失われていく。瑠衣の父親をはじめ三人の命を奪った実行犯が事切れていく。

瑠衣の中でも急速に大事なものが消えていく。遵法とか職業倫理とか、そして良識といったものだ。

「行け」

鳥海はそう言い放つと、妻池の身体を抱えたまま流れに従って東急プラザの方角へ消えていく。傍からは具合の悪くなった連れに肩を貸しているようにしか見えないだろう。

次はいよいよ自分の出番だ。瑠衣は山路目がけて走る。

妻池とはぐれて右往左往の体だった山路は駆け寄る瑠衣を見て安堵した様子だった。

「どこに行ってたんだ」

山路が見紛うのも当然だ。瑠衣は妻池と同じ扮装、同じマスクをしていた。

盗聴していて二人がどんな扮装をするのかを確認するなり、鳥海は同じものを入手するよう瑠衣に命じた。通常では決して有り得ない状況が仮面越しなら可能になる。瑠衣が妻池のふりをして山路に接することもできる。

瑠衣は山路の手を引いて大勢とは逆の方向に進んでいく。このまま井ノ頭通りを過ぎれば、メルセデス・マイバッハが駐車してある渋谷パルコに辿り着く。

ヒューマックスパビリオンの裏手に回ると、人影はほとんど見当たらなくなった。

「駐車場にはいかないのか」

山路は不審がったが、瑠衣から被り物を脱ぐように手振りで示されると思い出したように頷いた。

「そうだった。こんなものを被ったままでは係の者が仰天するからなあ」

賑わいを東急プラザ方面に吸収されたように、裏通りには瑠衣たちを除いて誰もいない。

千載一遇の好機だった。

「ふううっ」

怪物の被り物を脱いだ山路は大きく息を吐く。

脱力して油断した瞬間を見逃さなかった。瑠衣は鳥海が使用したものと同じアイスピックを懐から取り出すと、一瞬息を止めた。

お父さん。

ごめんなさい。

息を止めたまま、切っ先を山路の首の後ろに突き立てた。

元より氷を砕くための道具なので持ち手が太く、破砕した感触がより鮮明に伝わる。肉を裂き、組織を貫く音までが手の平で察知できる。

山路は自分の身に何が起きたか理解できないようだった。不思議なものを見るような目をこちらに向けてきた。

瑠衣はマスクを脱いで己の顔を見せつけた。途端に山路の顔が驚愕《きょうがく》に染まる。

アイスピックのスイッチを押す。

山路の体内で先端が開き、喉を破砕する。ごぼ、という音とともに山路は大量の血を吐き出した。老齢の身ではひとたまりもなかった。

「お父さんに詫びてきて」

アイスピックを抜き取ると、山路の身体はその場に崩れ落ちた。

もし一部始終を眺めていた子どもがいれば、ヒーローが怪物を退治したように見えるだろう。

だが事実は違う。怪物を別の怪物が捕食しただけの話だ。

瑠衣は再びマスクを被り、大急ぎで牧村加津美のマンションへと引き返す。そのさ中、右の耳にスマホからの宍戸の声が飛び込んできた。

『春原、聞いているか』

心臓が止まるかと思った。

「もちろんです、班長」

『柏崎がお台場の女性宅に現れた。今すぐ志木に合流』

「了解」

ＪＲ渋谷駅周辺はまだコスプレ姿の通行人で溢れ返っており、疾走するヒーローとすれ違っても誰も振り向かない。やっとの思いで覆面パトカーに辿り着くと瑠衣はマスクとコスチュームを脱ぎ捨て、トランクの中に放り込んだ。

運転席に座ると、全身が瘧《おこり》にかかったように震えていた。

自分は人を殺した。この手で相手の首に刃物を突き立てた。今もその感触が手の中に残っている。おそらく生涯忘れることのない感触になるだろう。

瑠衣は車内で絶叫した。

怒りとも悲しみとも知れず、後悔とも達成感とも判別がつかないが、叫ばずにはおられなかった。

涙も出た。呆れたことに鼻水も出た。

ひとしきり声を出しきると、盛大に濡れた顔を丹念に拭きエンジンを始動させる。

この夜、警察官春原瑠衣の正義は死んだ。

エピローグ

結局、柏崎はお台場の女性宅に逃げ込んでいるところを宍戸班の捜査員数名によって確保された。彼の逮捕によって一つの事件は終結をみたが、同時刻に別の事件が発生していた。JR渋谷駅周辺において、ヤマジ建設会長の山路頷平と秘書の妻池東司の死体が相次いで発見されたのだ。

「選《よ》りに選って、ハロウィンでごった返す駅周辺で殺《や》りやがった」

宍戸は瑠衣に向かって当たり散らしたが、もちろん事件に本人が関与しているとは想像もしていないだろう。

二人の死体は別々の場所で発見されたものの、殺害に使用された凶器が同一のものらしいと判断されると、単独犯による連続殺人と断定された。

「山路会長と秘書の妻池氏は午後五時過ぎ、同時に退社しているのが確認されている。つまり犯人は二人をJR渋谷駅前の混雑に乗じて相次いで殺害したことになる。大胆不敵と言うしかない」

宍戸たち捜査関係者が切歯《せっし》扼腕《やくわん》するのには別の理由もある。二人が殺害されたと思われる午後五時前後、JR渋谷駅周辺の防犯カメラが一斉に無力化されたのだ。従って殺害の瞬間はおろか、同時間帯における駅周辺の映像は一切収録されていなかった。また目撃情報を集めようにも、山路会長と妻池秘書の扮した怪物とヒーローは最近人気を博したキャラクターであり、同様の扮装をした者は他にも大勢いた。そのために目撃情報も錯綜《さくそう》し整理できない状況だった。

言うまでもなく、防犯カメラが無力化されたのは比米倉の仕業だった。管理システムに干渉して、ほんの数分間だけ防犯カメラを使用不可能にすることなど彼には児戯《じぎ》に等しかった。

山路会長と妻池秘書が殺されたことで、ヤマジ建設関連事件の被害者遺族である瑠衣を疑う向きもないではなかったが、事件発生当時は柏崎事件の関係者宅張り込みで現場から一歩も動いていない事実が伝えられると完全に沈黙した。単なる目撃情報ではなく、捜査本部に設置してあるGPSのAR表示が証明しているのだから反論のしようもない。

だが、これも警察の捜査機能を逆手に取った比米倉の仕事だった。

『〈Fake GPS location〉ていうアプリがあってさ』

比米倉は得々と説明した。

『要するに位置偽装さ。ほら、街中でキャラを探し回るゲームがあるじゃん。いちいち出歩くのが面倒だと思った誰かがGPS情報を擬装するシステムを開発しちゃったんだよ。任意の場所に瞬時に移動できれば簡単に攻略できるからね。もちろん規約違反だからGPS情報を提供する側も対策を講じてはいるけど、例のごとくイタチごっこで、悪用する側が常に最先端を走っている。警察が採用している〈みちびき〉も例外じゃない。何度かバージョンアップしているけれど、更新した頃には別のフェイクシステムが開発されているって寸法』

瑠衣が張り込み現場から離れた後は比米倉が偽のGPS情報に書き換えていた。無論、柏崎が牧村加津美宅を訪れた時の用心にドローンも飛ばしていたのだ。従って、柏崎がお台場で発見されたことは瑠衣にとって僥倖《ぎようこう》ですらあった。

「ヤマジ建設関連事件は須貝の件以外、いったん事件性なしと判断されたが、会長と秘書が殺害されてまた振り出しに戻った。クソッタレめ」

「その捜査にわたしは参加できますか」

「事件関係者の遺族を捜査に加えることはできん。従来通りだ」

「残念です」

一礼してから瑠衣は自分の席に戻る。鳥海の立てた計画は完璧で、瑠衣の関与を疑う者は誰一人としていない。

少なくとも現時点では。

午前の仕事を終えた直後、藤巻佳衣子から電話がきた。佳衣子は山路会長と妻池秘書の事件について触れた後、こんな近況を伝えてきた。

『そう言えば先週、家に郵便物が届けられたんですけど、中に一千万円の現金が入っていたんですよ。中には〈香典〉と書かれた紙が一枚入っているだけで。気になって須貝さんの奥さんに問い合わせてみたら、あちらにも現金が届けられたというんです。ひょっとしたら春原さんの許にも届けられたんじゃないですか』

「ええ、ウチにも届けられました」

『ああ、やっぱり』

佳衣子は白々しい嘘を簡単に信じたようだった。

『山路会長と秘書さんが殺されたことと何か関連があるのでしょうか』

「現在、捜査中です。わたしは関われませんが」

『こんなことを言うのはいけないのでしょうけど……あまり捕まってほしくないです』

「大声で言ってはいけないことです。くれぐれも慎んでください」

『はい。春原さんもお元気で』

佳衣子からの電話はそれで切れた。

お元気で、か。

肉体的にはすこぶる調子がいい。だが精神の一部が失われたまま、虚《むな》しく隙間風が吹いている。この虚《うつ》ろはいったいどうしたら埋まるのだろうか。

ＪＲ渋谷駅前での事件が報じられた二日後、東京地検特捜部は有価証券報告書虚偽記載と国交族議員への贈賄容疑でヤマジ建設本社への強制捜査を行った。たちまち工事費の水増しによる裏ガネ作りが暴露され、全ては山路会長の指示であったと特捜部は断定した。

藤巻亮二たち三人の事故死との関連を疑う声もあったが、東京地検も警視庁も未だ明確なアナウンスをしていない。ただしネット上では様々な憶測が飛び交い、山路会長と妻池秘書の殺害は、会社に詰め腹を切らされた者の復讐ではないかとの声も多数上がっていた。意地の悪い見方をすれば、仇討ちに寛容な国民性に合致した意見とも言えた。

裁かれぬ悪への憤りと被害者遺族の無念を晴らす闇からの鉄槌《てっつい》。同様に声の小さき者たちの集うＳＮＳでは、いつしかＪＲ渋谷駅前事件の犯人は陰のヒーローに祭り上げられていた。

祭り上げる便宜上、固有の名前も付けられた。

〈私刑執行人《ハングマン》〉。

中山七里（なかやま・しちり）

一九六一年、岐阜県生まれ。会社員生活を経て、二〇〇九年『さよならドビュッシー』で「このミステリーがすごい！」大賞を受賞し、翌年デビュー。幅広いジャンルのミステリーを手がける。「岬洋介」シリーズ、「静おばあちゃん」シリーズ、「御子柴礼司」シリーズなど人気シリーズ多数。近著に『特殊清掃人』『越境刑事』『作家刑事毒島の嘲笑』など。

祝祭《しゅくさい》のハングマン

二〇二三年一月十日　第一刷発行
二〇二三年三月十日　第三刷発行

著　者　中山七里《なかやましちり》
発行者　花田朋子
発行所　株式会社 文藝春秋
〒一〇二―八〇〇八
東京都千代田区紀尾井町三―二三
電話　〇三―三二六五―一二一一

印刷所　凸版印刷
製本所　大口製本
組　版　萩原印刷

ISBN978-4-16-391644-6